野伏間《のぶすま》の治助《じすけ》

北町奉行所捕物控⑧

長谷川 卓

祥伝社文庫

目次

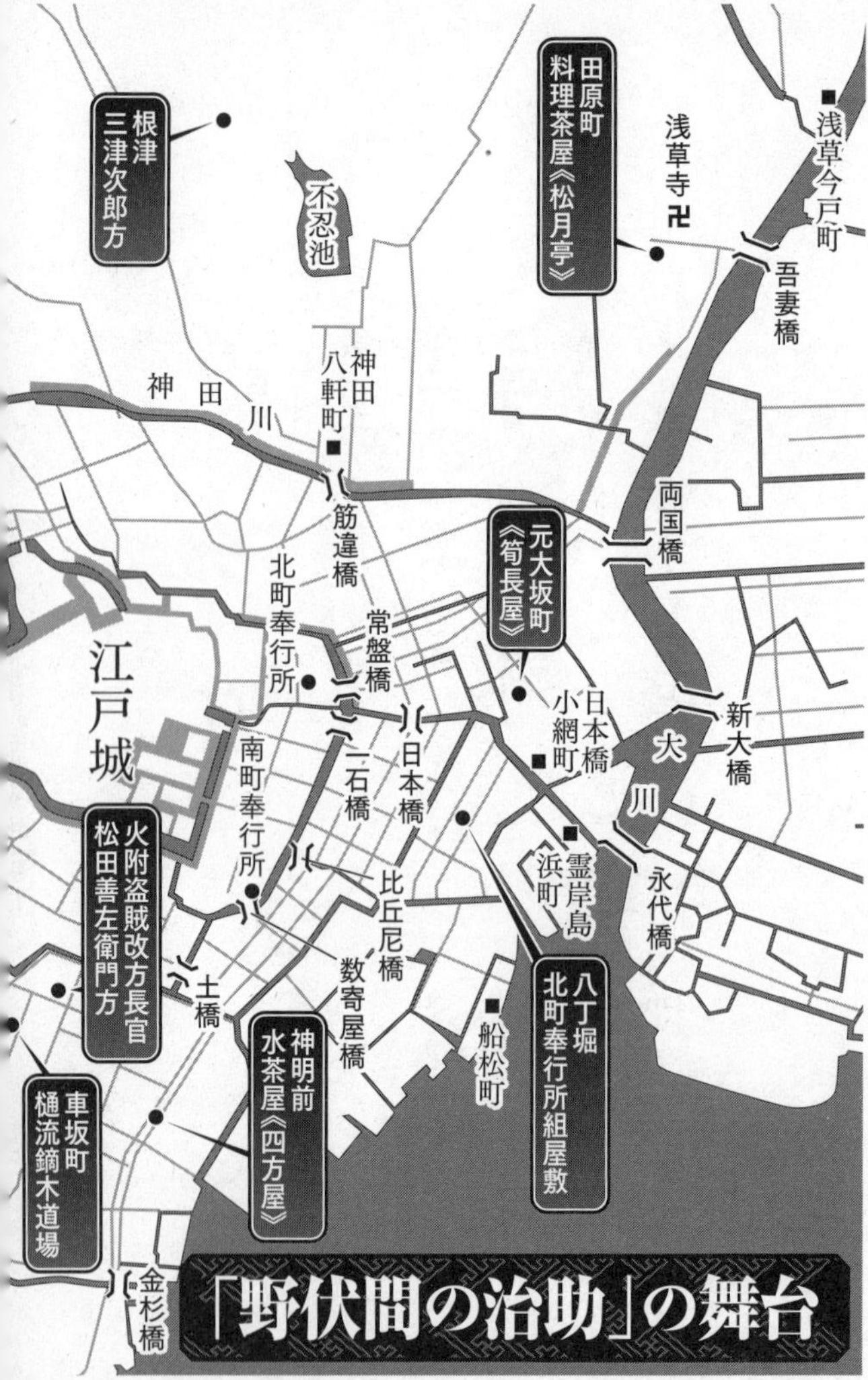
根津
三津次郎方
不忍池
田原町
料理茶屋《松月亭》
浅草寺
浅草今戸町
吾妻橋
神田川
神田
八軒町
筋違橋
北町奉行所
常盤橋
元大坂町
《筍長屋》
両国橋
江戸城
一石橋
日本橋
日本橋
小網町
大川
新大橋
南町奉行所
比丘尼橋
霊岸島
浜町
永代橋
火附盗賊改方長官
松田善左衛門方
土橋
数寄屋橋
神明前
水茶屋《四方屋》
船松町
八丁堀
北町奉行所組屋敷
車坂町
樋流鏑木道場
金杉橋

「野伏間の治助」の舞台

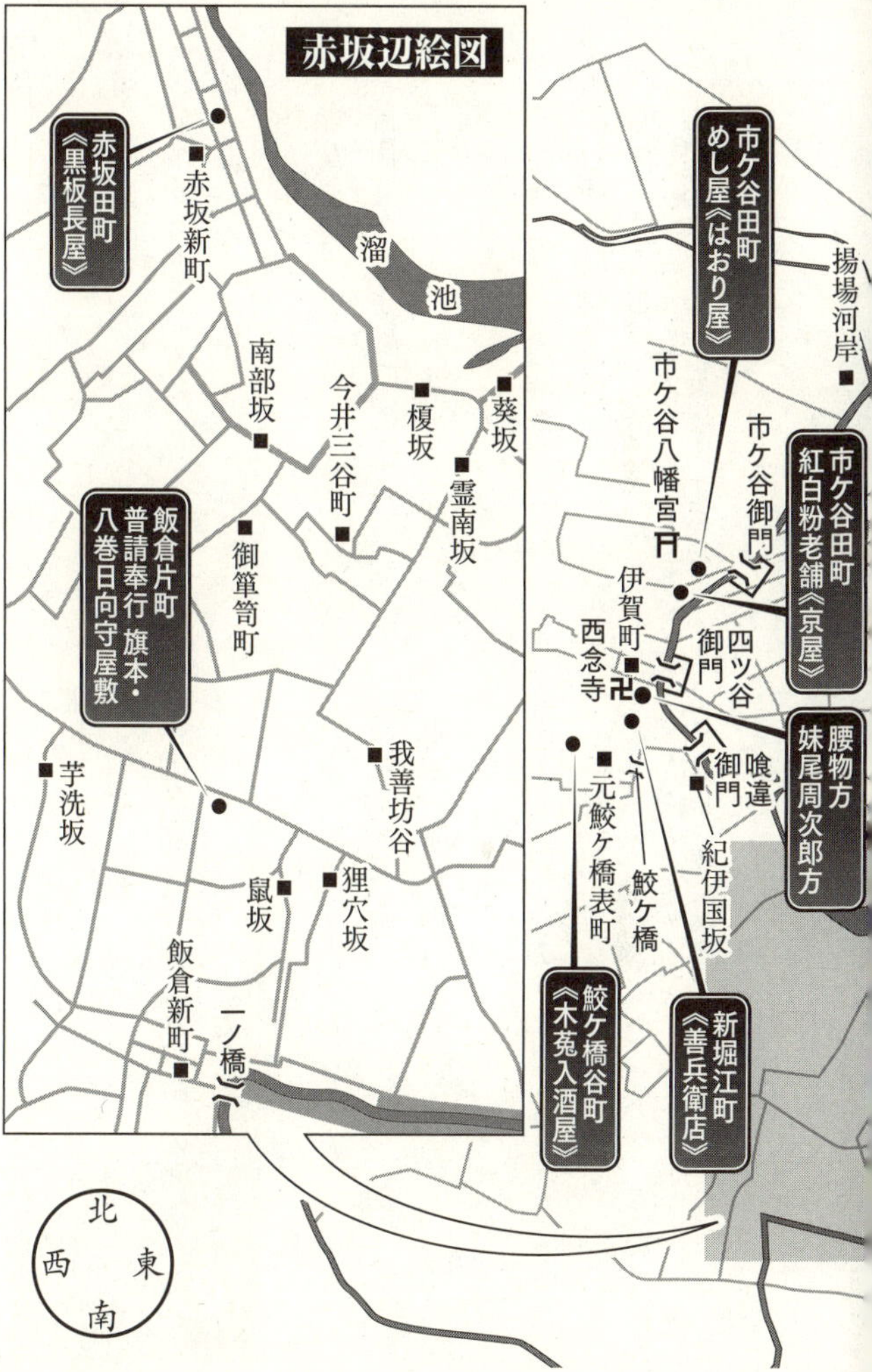
赤坂辺絵図
赤坂田町《黒板長屋》
赤坂新町
溜池
南部坂
今井三谷町
榎坂
葵坂
霊南坂
御箪笥町
飯倉片町 普請奉行 旗本・八巻日向守屋敷
我善坊谷
芋洗坂
鼠坂
狸穴坂
飯倉新町
一ノ橋
市ケ谷田町 めし屋《はおり屋》
揚場河岸
市ケ谷八幡宮
市ケ谷御門
市ケ谷田町 紅白粉老舗《京屋》
伊賀町
西念寺
四ツ谷御門
腰物方 妹尾周次郎方
喰違御門
元鮫ケ橋表町
鮫ケ橋
紀伊国坂
鮫ケ橋谷町《木菟入酒屋》
新堀江町《善兵衛店》
北
西
東
南

【登場人物紹介】

北町《きたまち》奉行所臨時廻《ぶぎょうしょりんじまわ》り同心《どうしん》
鷲津軍兵衛《わしづぐんべえ》
妻女 栄《えい》
息《そく》 周一郎《しゅういちろう》
養女 鷹《たか》
御用聞《ごようき》き 小網町《こあみちょう》の千吉《せんきち》
手下《てした》 新六《しんろく》、佐平《さへい》
中間《ちゅうげん》 春助《はるすけ》

北町奉行所臨時廻り同心
加曾利孫四郎《かそりまごしろう》
御用聞き 霊岸島浜町《れいがんじまはまちょう》の留松《とめまつ》
手下 福次郎《ふくじろう》

北町奉行所定廻《じょうまわ》り同心
小宮山仙十郎《こみやませんじゅうろう》
御用聞き 神田八軒町《かんだはちけんちょう》の銀次《ぎんじ》
手下 義吉《よしきち》、忠太《ちゅうた》

北町奉行所例繰方《れいくりかた》同心
宮脇信左衛門《みやわきしんざえもん》

北町奉行所年番方与力《ねんばんかたよりき》
島村恭介《しまむらきょうすけ》

北町奉行所内与力《うちよりき》
三枝幹之進《さいぐさみきのしん》

火附盗賊改方《ひつけとうぞくあらためかた》
長官 松田善左衛門勝重《まつだぜんざえもんかつしげ》
同心 土屋藤治郎《つちやとうじろう》

腰物方《こしものかた》
妹尾《せのお》周次郎《しゅうじろう》景政《かげまさ》
中間　源三《げんぞう》

御試御用《おためしごよう》
山田浅右衛門《やまだあさえもん》

黒鍬者《くろくわもの》・故押切玄七郎《おしきりげんしちろう》の娘
蕗《ふき》

明屋敷番伊賀者《あけやしきばんいがもの》
元組頭《くみがしら》　柘植石刀《つげいわと》
組頭　浅井克助《あさいかつすけ》
組頭　岡野博太郎《おかのひろたろう》
組頭　霜鳥有右衛門《しもとりありえもん》

香具師《やし》の元締《もとじめ》
蛇骨《じゃこつ》の清右衛門《せいえもん》
配下　得治《とくじ》
根津《ねづ》の三津次郎《みつじろう》配下　平三郎《へいざぶろう》

普請《ふしん》奉行八巻日向守《やまきひゅうがのかみ》三男　八巻鼎之助《ていのすけ》

盗賊　野伏間《のぶすま》の治助《じすけ》
野伏間の治助女房　澄《すみ》
野伏間の治助配下
信太小僧松吉《しのだこぞうまつきち》こと豆松《まめまつ》

第一章　死神仙十郎《しにがみせんじゅうろう》

一

定廻《じょうまわ》り同心《どうしん》の仕事は、市中の治安を守ることにある。

南北両奉行所《ぶぎょうしょ》は市中を八筋に分け、月番非番に拘《かか》わらず、それぞれが四筋を担当した。定廻り同心が中間《ちゅうげん》・小者を伴《ともな》い、毎日同じ見回路《みちすじ》をほぼ同じ刻限に見回るのである。月々の見回路は、南北両奉行所が半年毎《ごと》に話し合いの場を設《もう》けて決めた。町屋の者、特に悪所《あくしょ》を裏で束《たば》ねる者どもとの癒着《ゆちやく》が起こらぬように、との配慮からである。

このところ麻布《あざぶ》の一部と赤坂《あかさか》・四ツ谷《よっや》を受け持っているのは、北町奉行所定廻り同心・小宮山仙十郎《こみやませんじゅうろう》であった。

これだけ広い地域を受け持った場合、武家地に囲まれ、ぽつんと飛び地になっている町屋まで見回るのは困難である。そのような場合は、当該《とうがい》自身番《じしんばん》の月行事《がちぎょうじ》か書役《かきやく》の者が、見回路にある定められた自身番まで赴《おもむ》き、定廻り同心に町内の異変の有無を報告することになっていた。

安永《あんえい》七年（一七七八）九月四日――。

この日、小宮山仙十郎は、一石橋《いちこくばし》から比丘尼橋《びくにばし》、土橋《どばし》を通り、溜池《ためいけ》を北に見ながら霊南坂《れいなんざか》を上り、今井三谷町《いまいさんやちょう》へと出た。今井三谷町には、受け持ちの見回路最初の自身番がある。

ここで何事もなければ、御箪笥町《おたんすまち》から南部坂《なんぶざか》を行き、赤坂新町《しんまち》五丁目へと向かうことになっている。飛び地の麻布からは変事を告げる知らせは入っていなかった。

「まずは、よかったな」

だが、仙十郎らがほっとしたのも束《つか》の間であった。紀州徳川《きしゅうとくがわ》家の上屋敷を回り込み、喰違御門《くいちがいごもん》の前を通り、間ノ原《あいのはら》を北に見ながら鮫ケ橋坂《さめがはしざか》を下ろうとすると、腰掛《こしかけ》茶屋から南町《みなみまち》の自身番の者が二名、仙十郎らに気付いて飛び出してきた。見回りに来るのを待っていたのだろう。

「何があったい？」供をしている御用聞《ごようき》き・神田八軒町《かんだはちけんちょう》の銀次《ぎんじ》が、大声で訊《き》いた。

「……しでございます」ひとりが走りながら小声で答えた。

よく聞き取れなかった。人の耳をはばかっているのだ。殺しか。殺しだとすれば、先々月に続いてのことだ。着くのを待ち兼ねて尋ねた。年嵩《としかさ》のほうが荒い息の下から言った。

「殺し、でございます」

「旦那、まさか……」銀次が呻《うめ》くように言った。

先々月の殺しと繋《つな》がりがあるのではないか、と言いたいのだろう。

先々月の殺しとは、閏《うるう》七月二十七日に起こった一件のことだった。

真夜中の狸穴《まみあな》坂で、近くに住む脇質屋《わきびちや》《七草屋《ななくさや》》の主《あるじ》・慶太郎《けいたろう》が袈裟《けさ》に斬《き》られ、絶命していたのだ。普段必ず懐《ふところ》に入れていた紙入れがないことから、それが目当てかとも思われたが、確証はない。脇質屋は一月《ひとつき》で質草《しちぐさ》を流す阿漕《あこぎ》な商売である。それを恨《うら》んでの凶行かもしれなかった。分かっているのは、凄《すご》い斬り口だということだけだった。しかも、一太刀《ひとたち》で絶命しているのに、二の太刀、三の太刀と浴《あ》びせていることから、調べの任に就《つ》いた臨時廻《りんじまわ》り同心の加曾利孫四郎《かそりまごしろう》は、恨みの線に絞っているらしい。

二月前、北町は非番の月である。にも拘わらず北町奉行所の加曾利が調べているのは、非番というものの有り様《よう》による。非番の奉行所は新たな訴訟を受け付けないだけで、見回路で起きた事件の調べは別物と捉《とら》えられ、事件に気付いた奉行所が取り掛かることになっていたからであった。

「場所は？」仙十郎が訊いた。

表《おもて》町の空き地でございます、と年嵩が答えた。

仙十郎は目の前に広がる家並みを見渡した。岡場所《おかばしょ》を抱えた鮫河橋谷町《さめがはしたにまち》のこちら側は、元鮫河橋と呼ばれるところである。仲《なか》町、表町、北町、南町に八軒《はちけん》町と貧しい町屋が続き、治安は至ってよくない。自身番屋も置きどころがなく、千日《せんにち》谷《だに》表町とも言われる南町にようやく構《かま》えることが出来ているという具合《ぐあい》であった。

「済まねえが」仙十郎は、若いほうの男に、鮫河橋谷町の自身番に、遅れる旨《むね》の言付《ことづ》けを頼んだ。次の自身番に伝えれば、順繰《じゅんぐ》りに申し送りが出来るようになっている。男が駆け出した。

「案内してもらおうか」年嵩に言った。

鮫ケ橋坂を下り、桜川《さくらがわ》を越えた空き地前の道に、書役と表町の御用聞き・亀《かめ》吉《きち》がいた。亀吉は、義に燃えるとか、心意気を見せるという御用聞きではなかったが、土地《ところ》の者の身になって、名主《なぬし》に持ち込む手前で揉《も》め事を解決させる手腕を買われ、親分として長く務めてきた。齢《よわい》は七十を過ぎている。

「ご苦労様でございますです」亀吉が膝《ひざ》に手を当て、身体《からだ》を起こしながら、空き地の奥を手で指した。「こちらで」

「何か落ちているかもしれねえ。目ん玉ひん剝《む》いて来いよ」銀次が手下の義吉《よしきち》と忠太《ちゅうた》に言った。

道から十間（約十八メートル）程入ると、藪《やぶ》があった。ところどころ黄みを帯びた葉を付けていたが、まだみっしりと繁っている。その藪の中に亡骸《なきがら》が横たわっていた。

年の頃は六十くらいの老爺《ろうや》であった。口を開け、目を見開いたまま事切《こと き》れている。仙十郎らは手を合わせると、首筋を見た。黒い勒痕《しめあと》が残されていた。明らかに勒死《ろくし》（絞殺）である。

義吉と忠太に手伝わせ、着物の裾《すそ》を捲《まく》り、尻を覗《のぞ》いた。紫色の死斑《しはん》が見えた。次《つ》いで黒目の濁《にご》り具合と、手指の荒れ、下帯《したおび》と襦袢《じゅばん》の汚れを調べ、腰を伸ばした。

「仏《ほとけ》の身性《みじょう》は？」亀吉に訊いた。

「それが、皆目《かいもく》……」紙入れを始め、身に付けていたと思われるものはすべて奪い取られていた。

「心配いらねえ」事も無げに仙十郎が言った。「早ければ今日、遅くとも今夜か明日になれば分かるだろうよ」

どうしてか、責付《せっつ》くようにして亀吉が尋ねた。

「手も指も荒れちゃいねえから、町屋住まいの者だ。下帯も襦袢も垢染《あかじ》みちゃいねえし、着ているものは絹《きぬ》っ気《け》こそねえが、よく始末されているから、女房か身の回りの世話をする者がいる。となれば、帰りが遅い、と届け出があるはずだ」

「成程《なるほど》」

唸《うな》っている亀吉を尻目に、仙十郎は亡骸の有り様を書き留めておくよう懐紙《かいし》を銀次に渡した。銀次は矢立《やたて》から筆《ふで》を取り出すと、仏の姿を描き、義吉と忠太に木《こ》立《だち》からの寸法を言うように命じている。

「杉の木から三尺（約九十一センチ）のところに頭。そこから西へと仰向《あおむ》けに倒れております。顔は斜め左を向いており、左手は……」

　これは、殺しを行なった者を捕らえた時、吟味《ぎんみ》の際の口書《くちがき》（供述書）に添付され、資料として残すため、詳細に書くことになっていた。

　銀次らの声を聞きながら辺《あた》りの藪に目を移した仙十郎が、よく見付けたな、と亀吉に言った。まだ殺されて一日と経《た》っちゃいねえだろうによ。

「見出人《みいだしにん》は？」

　権田坂際《ごんだざかぎわ》の三軒家町《さんげんやちょう》に住む左官《さかん》の為吉《ためきち》であった。為吉は表町の仲間の長屋で酔い潰《つぶ》れ、朝帰りとなった。塒《ねぐら》に戻る途中、突如《とつじょ》下痢《げり》を催《もよお》し、こりゃたまらねえ、と空き地に入って用を足そうとして仏に気付いたのだ、と亀吉が言った。

「為吉は？」

「待たせております」亀吉が道の方を振り向いて答えた。

「連れて来てくれ。話も聞いてな」仙十郎が銀次に言った。

　銀次は義吉に懐紙と筆を渡すと、藪から道に出て、為吉を呼んでいる。

「信用出来るのかい」仙十郎が亀吉に訊いた。

「悪いことをするような者じゃござんせん」

「分かった。仏の周りの藪は調べたか。殺した奴が、何か落として行かねえとも限らねえからな」

「まで……」

「よし。調べてくれ。義吉、終わったか」

「書きやした」

義吉と忠太にも、辺りの藪を探るように言った。

「どれくらい、調べましょうか」

「ここで殺されたのではなく、捨てられただけだろうから、三、四間四方でいいだろう」

「そうなんで？」亀吉が訊いた。

「草履《ぞうり》はなく、足袋《たび》の裏が汚れていないところから見て、どこか他の場所で殺されたんだろうよ」

亀吉は大きく頷《うなず》くと、手下どもに散るよう手を広げた。義吉と忠太を加えた五人が四間（約七メートル）四方の根方《ねかた》を見回った。

「何もございません」亀吉が皆を代表して言った。

「それでは、仏を移すか」

戸板の用意を亀吉に申し付けた。亀吉が手下に顎《あご》を振った。心得たもので、既に用意がしてあった。手下のふたりが戸板を藪の中に持ち込んできた。

仏を戸板に載せ、菰《こも》を掛けた。

「取り敢《あ》えず、藪の外に出してくれ」

亀吉の手下と義吉と忠太が四隅を手にした。

「この辺りの医者というと誰だ？」仙十郎が亀吉に尋ねた。

「碌《ろく》でもないのばかりでして、真面目《まじめ》なのをお探しなら芝口西側町《しばぐちにしがわちょう》まで行かないと」

芝口西側町には、薬として甘酒を勧《すす》めることで有名な、甘酒先生と呼ばれる医者がいた。

「柄沢良庵《からさわりょうあん》先生か」

「ご存じで？」

「生姜《しょうが》入りの甘酒を飲まされたことがある」

「あっしもで」亀吉が、真顔になって訊いた。「甘酒先生を検屍《けんし》に呼ばれるので？」

「そうだ」

「ですが、仏はどう見ても勒死としか……」

「俺もそう思う。だがな、念には念を、と言うだろう。何か思わぬものが見付か

た。

戸板が道に担《かつ》ぎ出されると、見物人の輪が広がった。銀次が為吉を伴ってき

「いいってことよ」

「出過ぎました。申し訳ありやせん」

るかもしれねえからな」

（続き）

「待たせちまって、済まねえな」

仙十郎に詫《わ》びを言われ、為吉は背中が見える程深々と頭を下げた。

銀次の顔色からすると、為吉から実《み》になる話は聞けなかったらしい。

「お調べは？」と銀次が薮に目を遣《や》ってから訊いた。

「俺たちは、ここまでだ。後は医者の手配を済ませ、奉行所に知らせよう」

定廻りが出会《でくわ》した事件は、直《ただ》ちに奉行所に報じられ、臨時廻り同心がいれば臨時廻りに、もし出払っている時は当番方《とうばんかた》の同心に回され、後《のち》に臨時廻りに申し送られることになっていた。

「先々月の一件とは？」

「手口が違い過ぎる。まずは別の奴の仕業《しわざ》だろうな」

仙十郎は自身番の者と見出人の為吉を呼び寄せると、義吉と忠太に代わって、

南町の自身番まで戸板を運ぶよう申し付けた。

「義吉、甘酒先生んところまで走ってくれ」

忠太には、奉行所まで走るように言った。

「俺はお定め通り、自身番で半刻（一時間）待ってから、見回りに戻る。お前たちは、それぞれ見回路を辿《たど》って追って来てくれ」

義吉と忠太が、返事ひとつ残して地を蹴《け》った。

「俺たちも行くぜ」

銀次に言った。銀次は、奉行所から同心が引き継ぎに来るまで、仙十郎が出た後も自身番にひとり残り、待たねばならない。

長い一日になりそうだな。思わず銀次は空を見上げた。

二

八軒町の銀次の手下・忠太が懸命になって走っている時、北町奉行所臨時廻り同心・鷲津軍兵衛《わしづぐんべえ》は、奉行所の仮牢《かりろう》の詰所《つめしょ》にいた。仮牢は、その日牢屋敷から取り調べのために呼び出されてきた入牢者《じゅろう》が待機するための牢屋だが、定廻りや臨時廻りの同心が捕らえてきた者を、入牢証文が出来るまで入れておく役割も担《にな》っていた。

軍兵衛は手先の御用聞き・小網町《こあみちょう》の千吉《せんきち》を伴い、牢屋敷から入牢者を護送してきた牢屋同心用の詰所の隅を借り、仮牢から引き出した男の調べを始めたところであった。

男を捕らえたのは、昨夜の五ツ半（午後九時）過ぎ。暗がりの道で、人にぶつかり転倒させ、助ける振りをして懐から紙入れを盗み、逃げる。このところ日本《にほん》橋《ばし》北から内神田《うちかんだ》にかけての広い一帯で頻発《ひんぱつ》している事件であった。ために、軍兵衛らが夜回りに駆《か》り出されていたのである。男にとっては運の尽きとしか言いようがない。叫び声と同時に、千吉の手下の新六《しんろく》と佐平《さへい》が追い掛けて、逃げる男を捕縛《ほばく》したのだ。

紙入れに入っていたのは、三両と二分。にっこりと笑う間もなく御縄《おなわ》になったことになる。

夜分のこととて、一晩奉行所の仮牢に入れ、今朝から入牢証文を作成するための取り調べを始めたのである。

男の名は幹助《みきすけ》、生業《なりわい》は古鉄買《ふるがね》い。住まいは堀江町《ほりえちょう》の《喜兵衛店《きへえだな》》だと言う。

今朝長屋まで新六と佐平を走らせて調べたところ、嘘《うそ》ではなかった。相長屋の者に素行《そこう》を訊いたが、けなす者はなく、皆が働き者だと褒《ほ》めた。それだけ、表と裏を上手《うま》く使い分けていたのだろう。

「そのようなことはございませんです」幹助が涙を浮かべて言った。「わっちは気の小さな、真面目一筋の者でございます」

「それにしては、大それたことをしてくれたじゃねえか」

「魔が差したのです」

「これまでに何度魔が差した？」

「だから、初めてだと……」

「てめえ、俺を馬鹿にしちゃあいねえか。俺は十三の歳から江戸の町を汗水垂らして歩き回って、四十一年になる。てめえが本当のことを言ってるか、嘘を吐《つ》いてるかは、面《つら》見りゃ分かるんだよ」

「正直に申し上げれば、お慈悲《じひ》ってもんがあるぞ」千吉が横から言葉を添えた。

「…………」幹助は竦《すく》めていた首をひょいともたげると、軍兵衛を見、恐れ入りました、と答え、二度目です、と言った。

「場所は、どこだ？」

「千鳥橋《ちどりばし》の東詰で……」

「いつのことだ？」

「十日ばかり前になります」

「紙入れには、どれくらい入ってた？」

「確か、二朱か三朱だったかと」

「おめえは馬鹿じゃねえようだな。なるべく金子《きんす》の少ねえのを言おうとしているようだからな。それから、どこだ？」

「いえ、旦那。わっちは二度しかやっちゃおりませんです」

「夜回りをしていたのは、俺とそちらの親分だぞ」

「へい……？」

「もう二件。都合四件くらいの盗《ぬす》っ人《と》を捕らえたのでなければ、俺たちの顔が立たねえじゃねえか。どこか、捻《ひね》り出せ」


さりげなく聞き耳を立てていた牢屋同心らが、顔を見合わせている。

「嫌か」軍兵衛が幹助に訊いた。幹助はこすっからそうな目で軍兵衛を見上げると、

「でしたら、橋本町《はしもとちょう》と横山同朋町《よこやまどうぼうちょう》なんてのはいかがでしょう？」

あっけらかんと言った。捕まったのは初めてでも、この男、相当年期の入った掏摸《すり》であるらしい。

「東のほうばかりですぜ」と千吉が軍兵衛に言った。

「西はねえのかよ。寂しいじゃねえか」

「連雀町《れんじやくちよう》で、ようございますか」

「一件だけじゃあるめえ。序《つい》でにもう一、二件吐いちまえ」

「旦那。こんなところでご勘弁《かんべん》を……」

「すべて書いたな？」軍兵衛が千吉に訊いた。

「へい。都合五件でございます」

「よし。こんなもんだろう」軍兵衛は幹助を立たせると、「牢屋敷に入ると、吟味の度《たび》にここまで来ることになる。皆さんにはお世話になるんだ。よっくご挨拶《あいさつ》をしておけ」背を押し、護送の指図《さしず》をする牢屋同心と縄を取る小者に頭を下げさせ、仮牢に押し込んだ。牢屋敷の入牢受け容れは日暮れと決まっているので、それまでに幹助から聞き出したことを清書し、当番方を通して町奉行の用部屋に出しておけば、この一件は軍兵衛らの手から離れた。奉行の花押《かおう》が記された入牢証文が発行され、幹助は当番方の手により牢屋敷送りとなるのである。

「まずは、お手柄という案配《あんばい》でようございました」千吉が言った。

「それを言うなら新六と佐平だ。あいつらの足が速かったお蔭だ。酒を奢《おご》らないといけねえな」

「癖《くせ》になりやすから、お気持ちだけってことで」

「俺が飲みたいんだよ」

「ありがとうございやす」

笑い合っていると、大門脇の潜《くぐ》り戸を走り抜け、大変でございます、と叫びながら玄関へ飛び込んで行く男の姿が目に入った。

「あいつは」千吉が言うまでもなく、神田八軒町の銀次の手下だと分かった。

「また仙十郎のところで何かありやがったな」

軍兵衛と千吉も玄関に急いだ。

ふたりに気付いた忠太が、旦那《だんな》ぁ、と荒い息を吐き出した。

「殺し、でございます」

場所を訊いた。

「前の一件との繋がりは？」

「小宮山の旦那は、ないと見ていなさるようでございます」

「走れるか」

「屁《へ》でもありやせん」

「よし。茶を一杯飲んだら、案内してくれ」

忠太は、当番方から茶をもらい、立て続けに二杯飲み、「お待たせいたしやした」と、口許《くちもと》を袖《そで》で拭《ぬぐ》いながら言った。

千吉は、手下の新六と佐平を大門裏の控所から呼び寄せている。その間に軍兵衛は、用部屋への文書の提出と幹助の始末を当番方に頼んだ。

「話は、道々聞こう」

「へい」忠太が答えた。


軍兵衛らが南町の自身番へ着いた時には、昼八ツ（午後二時）近くになっていた。

医者の柄沢良庵が検屍を終え、銀次らと茶を飲んでいるところだった。銀次は亀吉を軍兵衛に引き合わせると、あらましを話した。良庵の診立《みた》ては忠太の話の通り、勒死ということであった。

「仏の具合から診て、殺されたのは昨夕頃で」銀次が言った。

「どこの誰だか、分からねえそうだな？」

定廻りから引き継いだお調書《しらべがき》を見ながら軍兵衛が訊いた。お調書には、仏の見出された場所や見出人の名、持ち物などが記されている。

「小宮山の旦那が」と銀次が、亡骸の様子から、今日か明日にでも届け出があると予想を立てたことを軍兵衛に話し、その上で、「良庵先生が、身性を知る手掛かりを教えてくださいやした」

「仏は腰痛のようでしてな、腰に灸《きゅう》の痕《あと》が幾《いく》つもあった。痕から見て、三十年は灸の世話になっておったと診ました。それで親分に、鍼《はり》医者に訊くとよいと申していたところです」

良庵が少し得意げな顔をして湯飲みを畳に置いた。

「そこまで診ていただけたとなれば、仏も浮かばれますな」

軍兵衛は、取って置きの世辞《せじ》を言うと、銀次と忠太に、良庵を送りながら見回路に戻るように告げた。

「やることはふたつだ」と軍兵衛は千吉らに言った。「この先どう転がるか分からねえからな。念のためだ。絵師の菱沼春仙《ひしぬましゅんせん》を呼びに行ってくれ。それと、仏が捨てられていた藪を見ることだ」

佐平を呼んだ。

「済まねえが、春仙先生のところまで走ってくれ」

「場所は分かるか。音羽町九丁目《おとわちょう》じゃねえぞ」千吉が言った。

「神楽坂《かぐらざか》上の藁店《わらだな》横町でしたね」

「そうだ。駕籠《かご》にお乗せするんだぞ」

「心得てまさあ」

春仙は方角に凝《こ》り、この一年で三度も引っ越しをしている。本業のほうで多少売れて来たもんだから、似絵《にせえ》描きに呼ばれないようにしてるんじゃねえか。軍兵衛が勘ぐったことがある程、ころころと居所を変えていた。

「任せたぜ」

千吉の声を背で聞き、佐平が駆け出した。春仙が在宅していれば、佐平の足なら往復で一刻（二時間）程だろう。

それまでにゆるりと空き地を見に行ける。

「案内してくれ」

「承知いたしました」亀吉が答え、手下のふたりが慌てて道を空けた。

「見出人、済まねえがお前さんもだ」

「へい」

今日は一日仕事にならねえ、と腹を括《くく》ったのか、為吉が妙に威勢《いせい》のいい声で返事をした。


九月五日。

四ツ谷御門から西に六町半（約七百九メートル）程下ったところに新堀江町がある。この辺りは植木屋が多いことでも知られた土地である。

その新堀江町の《善兵衛店《ぜんべえだな》》の大家《おおや》・善兵衛が、一昨日出掛けたまま戻らない。善兵衛はこのところ碁打ちに興じており、碁《ご》敵《がたき》のところに泊まり込んでしまうこともある。だが、一晩ならまだしも、二晩続けて帰って来ず、しかも碁敵の家にも現われていない。どこかで何かがあり、倒れてでもいるんじゃないか。主の身を案じたかみさんが、町役人同道《どうどう》で北町奉行所の大門を潜ったのが朝の六ツ半（午前七時）であった。

「お頼み申します……」

届けの内容を聞いた当番方が、もしや、と思い、昨日鷲津軍兵衛から預かっていた、絵師・菱沼春仙の筆による似絵を見せた。途端に、真っ青になって震え出したかみさんの横から、町役人が恐る恐る似絵を覗いた。描かれていたのは、善兵衛だった。

「相違ないか」

かみさんの頭が、がくがくと縦《たて》に動いた。

「直ちに、組屋敷に走れ」

当番方与力の命《めい》を受けた中間が、八丁堀《はっちょうぼり》の組屋敷に走り、軍兵衛に与力の口上《こうじょう》を告げた。

「昨日、元鮫河橋表町の空き地で見付かった仏の身性が割れたそうでございます……」

軍兵衛は、中間の春助《はるすけ》に御用箱を担がせると、こんなこともあろうかと組屋敷に泊まり込ませていた新六と佐平を伴って奉行所に急いだ。程無く組屋敷に朝の迎えに来る小網町の千吉には、奉行所に来るように、いなければ南町の自身番まで走るように、妻女の栄《えい》に言い置いた。仏は南町の自身番近くの養長寺《ようちょうじ》に安置されていた。

奉行所に着いた軍兵衛は、善兵衛の年齢、生業《なりわい》、この一件の心当たりなどを訊くと、千吉に従い長屋を調べるようにと佐平に言い、自身はかみさんの福《ふく》と町役人、そして新六と春助とともに南町の自身番を経由して寺に行くと伝えた。

「では、後程《のちほど》、追い掛けますんで」

「おう。長屋の衆に訊かれたら、隠すことはねえ。殺されたと話していいぜ。それからな」

ものは序《つい》でだ、脇質屋の慶太郎の名に聞き覚えがあるかどうかも訊いておくように、と言った。

「心得やした」

軍兵衛らが大門を出ると間もなく、入れ違うようにして千吉が潜り戸を通り抜けて来た。

「旦那は？」

佐平は、軍兵衛に言われたことを千吉に伝えた。

「よし。旦那は足弱連れだ。追い抜こうぜ」

千吉が駆け出した。負けじと佐平も後に続いた。

一石橋の手前で軍兵衛らに追い付き、改めて指図を受けた千吉と佐平が、新堀江町の《善兵衛店》に着いたのは、昼四ツ（午前十時）のだいぶ前であった。しかし、この刻限にもなれば、出職《でしょく》の者は出払っており、いたのは居職《いじょく》の者がふたりとかみさん連中だけだった。

大家・善兵衛のことを話し、驚く店子《たなこ》どもを静めてからひとりずつ空き店に呼んで、大家の評判と慶太郎のことを訊いた。

善兵衛は、多少口うるさいところはあったが、長屋から縄付きを出せば、自身も管理不行き届きで罰せられることもあるので、

「あれっくらいは上々《じょうじょう》の吉《きち》ってところでしょう」

恨むとか恨まれるとか、そんなことは考えられない。いい大家さんでした、というのが皆の気持ちをまとめたものだった。慶太郎の名を耳にしたことがある者はひとりもいなかった。

ただ、最後に訊いた彫物師《ほりものし》の言葉が気になった。

「この空き店に新しいのが入りそうだったんですが、もうそれどころじゃなくなりましたですね」

長屋を出、千吉と佐平は南町の自身番に向かった。善兵衛のかみさんの福と町役人は、仏を養長寺から菩提寺《ぼだいじ》に移そうと動いており、軍兵衛らは行き違いにならぬよう自身番で待っているだろう、と踏んだのだ。果たして、千吉が読んだ通

り、軍兵衛らは自身番で茶を飲んでいた。供をして来た中間の春助は、仏を移すための守《も》りに付けられていた。無事菩提寺まで同行した後は、奉行所に戻ることになる。

「ご苦労。どうだった?」

千吉は、店子らの話を伝え、空き店に新入りが来そうであったことを言い添えた。

「俺も、かみさんから聞いた。慶太郎という名は覚えがないそうだ。善兵衛だが、一昨日《おとつい》は新入りのことを調べに、そいつの長屋を訪ねたらしい」

「場所は、どこなんで?」

「赤坂田町《たまち》四丁目の《黒板《くろいた》長屋》。新入りの名は満三郎《まんざぶろう》。研《と》ぎ屋という話だ。かみさんが覚えていた」

「そりゃ、えれえもんでやすね」

「一昨日の夕刻、帰りが遅いので、店子の彫物師に見に行ってもらったんだそうだ。大家に満三郎の素行を聞き、帰ったと言われたらしい」

どうして、それを言わねえんだ。口の足りねえ野郎だぜ。腹の中で彫物師に悪態を吐きながら、これから、と訊いた。

「回りやすか」

「今頃は外に出ている頃だろう。どこぞで、何かゆっくりと食おうじゃねえか」

刻限は昼餉《ひるげ》時であった。

「近くに美味《うま》いものを食わせてくれるところはねえか」軍兵衛が自身番の者らに訊いた。

「この辺りにはございませんが、赤坂今井谷《いまいだに》まで行かれますと、土地のうるさ型を唸《うな》らせるものがいただけますですよ」大家のひとりが答えた。

「うるさ型って？」

「手前どもですが」隣にいた大家が言った。

俄《にわか》に気が失《う》せそうになったが、必死に堪《こら》えて尋ねた。

「教えてくれ」

今井谷にある煮売り酒屋で、夕刻からは近くの大名家の上屋敷や中屋敷の中間で賑《にぎ》わう酒屋らしい。名は《谷《たに》ぞこ屋》だと言う。あまり美味そうにも思えなかったが、話の種に行くことにした。

《谷ぞこ屋》は谷底にはなく、谷に続く坂道の途中にあった。

そのようなひねくれ者の作る飯に、美味いものなどあろうはずがない、というのは余計な思い込みで、山掛《やまか》け豆腐《どうふ》と、八丁堀界隈《かいわい》ではまだ口に入らない走りの蕪《かぶ》を使った蕪菜汁は空《す》きっ腹に心地よく収まり、新六は飯を三膳も食べた。

「その腹では、もう走れねえだろう。少しは先のことを考えろい」

意見をした千吉自身も二膳の飯を夢中で食べており、新六が三膳お代わりしたのを見過ごしていたのだ。

「まあ、いいじゃねえか。これからたっぷり歩くんだからな」

「まだ、そんなに歩くんですかい?」新六が悲鳴に似た声を上げた。

「情けねえ声を出すな。佐平を見習え。弟分なのに、てめえのように愚痴《ぐち》なんぞ零《こぼ》さねえぞ」

「とんでもねえ」佐平が言った。「思ったことを口に出来る新六兄《す》ぃが羨《うらや》ましいっすよ。あっしは、こんなこと言っちゃ拙《まず》いんじゃねえか、と直ぐ構えてしまいやす」

「それがてめえなら、無理に変えることはねえよ」軍兵衛が湯飲みで佐平を指した。「人ってのはな、それぞれ違うからいいんだ。皆同じじゃ、詰まらねえだろうが」

「つまりだな」と千吉が言った。「旦那が仰《おつ》しゃったのは、大根の他に、蕪菁《かぶら》があるから、蕪菜汁も飲めて楽しいってことだ。大根しかなけりゃ、味気ねえだろう？」

「そうなんで？」新六が軍兵衛に訊いた。

「大体そんなことだ。だけどよ、俺は大根さえあれば生きていけるけどな」

「あっしもです」

「旦那ぁ、今、それはないんじゃございませんか」

千吉が小上がりの床を拳《こぶし》の先でちょんと叩《たた》いたのを潮《しお》に、酒屋を出た。

ここから北東に十一町（約一千二百メートル）も行けば、赤坂田町四丁目である。

「艮《うしとら》だ」軍兵衛が嬉《うれ》しそうに笑った。「いいことあるぜ」

三

《黒板長屋》は、柿渋《かきしぶ》に炭の粉を混ぜたものを木戸や板塀に塗っているところから、そのように呼ばれていた。建てられた頃は大家の名を冠した《吉右衛門店《きちえもんだな》》

で通っていたが、大家が代を重ねる度に呼び名を変えるのも面倒なので、いつの頃からか《黒板長屋》で落ち着いてしまったらしい。

黒板と聞けば、界隈の誰もが知っているので、探すのは楽だった。

大家の嘉助《かすけ》は、長屋の木戸脇で八百屋《やおや》を営《いとな》んでいた。

「あっしがお先に」

千吉が長屋の木戸を潜り、八百屋の裏口の戸を開いた。嘉助を呼ぶ声が微《かす》かに聞こえてくる。千吉が戸口の中に消えた。程無くして、つんのめるようにして嘉助が姿を現わした。

「忙しいところを済まねえな」

「ここでは何でございます。どうぞ、中へ」

「いいのかい？」

「いいも何も、今親分さんから伺《うかが》って驚いていたのです」

「その先は、中で聞こうか」

軍兵衛らは、帳場奥の座敷に通された。八丁堀の同心にものを訊かれるのは初めてのことだ、とかみさんは震えてしまい、湯飲みを取り落とした。暫くの間、夫婦でおたおたと騒いでいたが、嘉助がやっと話し始めた。善兵衛が訪ねて来たのは昼八ツ（午後二時）頃で、半刻（一時間）足らずで帰ったらしい。

「その時、満三郎はいたのかい？」

「いいえ。外回りをしておりました。多分、それを見越してお訪ねになったのだと思います」

「どんな話をしたのか、聞かせてくれねえか」

「善兵衛さんがお尋ねになったのは、毎日働きに出ているか、店賃の支払いはきちんとしているか、博打《ばくち》は打つか、酒癖は、女癖は、というようなことでした。手前ども大家が気遣うことばかりです」

何と答えたのか、訊いた。

「満三郎さんは、それは律儀《りちぎ》で、店賃も遅らせたことはございませんし、身綺麗《みぎれい》にしておりますし、店子としては極上と言える人だと話しました。実際、その通りなので」

「それが何で出て行くってんだ？」

「存じません。何が不満なのだか、手前のほうが訊きたいくらいでございますよ」

「今、満三郎は？」

「出ております。借店《かりだな》で預かった品を研いでいる時もありますが、今日はお得意様回りをしているのでしょう」

「何時頃戻って来るか、分かるか」

夕七ツ（午後四時）頃には戻り、湯屋に行くらしい。一刻（二時間）ばかり暇を潰さなければならない。満三郎の店請《たなう》け証文を書き写して、大家の家を後にした。

「《麦飯《むぎめし》》でも冷やかすか」

《麦飯》とは、隣の田町五丁目にある岡場所の呼び名であった。吉原《よしわら》を米と見立て、そこよりも一段落ちるからと、麦の名を冠されていた。

その《麦飯》の女に入れあげた手代が、お店の金を使い込み、問い質《ただ》した番頭を刺して主にも怪我《けが》を負わせるという一件が、この春に起こった。そのため春以降、年番方《ねんばんかた》与力から定廻りと臨時廻りに、岡場所の見回りには念を入れるように、と二度の通達があった。

女を置いている店は、五丁目の通りの表と裏に五軒ずつ、都合十軒と規模は小さい。それぞれの店の軒《のき》先には丸提灯《まるちょうちん》が揺れ、入り口には長暖簾《ながのれん》が下がっていた。構えは皆同じである。

一番奥にある《遠州屋《えんしゅうや》》の長暖簾を潜った。主が《麦飯》の元締をしていた。湯茶の接待を受けながら、主から景気と客の様子を聞き、何か起こりそうにな った時は、ためらわずに自身番に走るよう、よくよく言い聞かせ、《遠州屋》を出た。裏路地を見て回っているうちに、一刻（二時間）近くが経った。

軍兵衛は田町四丁目の自身番に行き、新六と佐平を《黒板長屋》に遣わした。

折よく満三郎は一日の仕事を終えて帰って来たところであった。満三郎がふたりに伴われて、自身番に現われた。

満三郎は入り口で一旦《いったん》立ち止まると、中をぐるりと見回し、軍兵衛に頭を下げた。

「疲れているところを済まねえな。お前さんがどうこうって訳じゃねえんだ。楽にしてくれ」

「へい……」広さ三畳の小部屋に上がり、膝を揃えた。

「《善兵衛店》の大家が殺されたのは、知ってるな？」

「先程、大家さんに伺って驚いていたところで」

「一昨日、《黒板》を訪ねて来たそうだが、会ってねえって話だな？」

出ておりましたものですから、と満三郎が答えた。

「研ぎ屋ってのは、儲《もう》かる商売かい？」

「贔屓《ひいき》にして下さるお客様をそこそこ持てれば、暮らしてはゆけますが」

「《黒板》に住み暮らす分には、不足はねえんだな」

「はい」

「そのお前さんが、借店を移ろうとする。どうしてだか、話しちゃくれねえか」

「大家さんには、言わないでもらえますか」満三郎が訊いた。

「勿論《もちろん》だ」

「実は……」

《麦飯》事件の手代が通いで、長屋住まいであったために、そこの大家が奉行所に呼ばれた。お咎《とが》めこそなかったものの、きつく叱《しか》られたとかで、以来《黒板長屋》の大家も、やたらと外出《そとで》にうるさくなったらしい。

「見張られているような具合でして、どうも」

「そうか、そりゃ無理ねえな。分かった。呼び立てして済まなかったな」

「もう、よろしいでしょうか」

「おう」

満三郎が帰り、外に出していた自身番の者どもを呼び入れるのと交替に、軍兵衛らも自身番を出た。

「千吉、ちいと《黒板長屋》の前で張り番をして、長屋のもんが帰るのを待ち、満三郎の話の裏を取ってくれ。俺たちは離れたところにいる」

「合点《がってん》で」

千吉は着物の裾を下ろすと、大家の嘉助の目に入らぬよう物陰に立ち、店子の帰りを待ち受けた。

ほんの僅《わず》か待つ間に、天秤棒《てんびんぼう》を担いだ担《にな》い売りの男が戻って来た。家族の総菜にするのだろう、盤台《ばんだい》に鰯《いわし》を三尾残している。

「兄さん」

千吉は魚屋を小声で呼び止め、尋ねた。うちの若い者をここにどうか、と思うのですが、大家さんはどのような御人なのですか。

「店子に優しい、人の好《よ》い御方と聞きましたが」

「誰に訊いたかしらねえが、そりゃ去年までだね。今年になって人が変わったよ。うるさいよ。ちいっと遅くなると、目ぇ吊《つ》り上げるって塩梅《あんばい》だからね」

「でしたら、どうして兄さんは出ないのです？」

「移るとなれば、樽代やら何やら掛かるじゃねえかい。泣くしかねえやな」

「そういうことですか」

「もういいかい？　大家よりうるさい山の神が待ってるんでよ」

満三郎のことも訊こうかと思ったのですが、止《や》めておきました。千吉の話に軍兵衛は頷いた。それでいい。

「満三郎に、疑わしいところはないと見ましたが」千吉が言った。

「そうなんだが、やけに落ち着いていたのが気に入らねえな」

満三郎は自身番の腰高障子《こしだかしょうじ》を入ったところで一旦足を止めると、中をぐるりと見回していた。まるで逃げ道でも探してるような目付きだったが、考え過ぎか。

「ここは、長屋からの帰り道で、何かに巻き込まれたと見るのが順当だろうな」

《黒板長屋》を出た八ツ半（午後三時）以降、善兵衛を見た者がいなかったか、訊きながら奉行所に戻ることにした。

しかし、善兵衛を見掛けたという者はどこにもいなかった。

「面白くねえ成り行きだな」

軍兵衛は奉行所に帰ると、これまでのお調書の写しを例繰方《れいくりかた》同心の宮脇信左衛門《みやわきしんざえもん》に渡した。

例繰方は奉行所が扱う事件全般に目を通しているので、定廻りや臨時廻りの間では見えぬことも、掬《すく》い出してくることがあるからだった。

これで帰りが少し遅くなりますね。

独りごちながら詰所で読み始めた信左衛門の目が、お調書の文字を追ううち、一点に止まった。


翌九月六日。

出仕した軍兵衛を、臨時廻り同心の詰所の前で宮脇信左衛門が待ち構えていた。信左衛門は、込み上げてくる嬉しさを抑え切れないのか、口許をひくひくさせている。何かとんでもないものを見付けたらしい。

それが、いかなることなのか、直ぐにも訊きたかった。咽喉《のど》が鳴りそうになった。

だが、前のめりになりそうな己の額をぐいと引き戻し、堪えた。一日の長という奴だ。さりげなく、おはよう、と言って背を向け、詰所の敷居を跨《また》いだ。

「鷲津さん」信左衛門が慌てて、絞り出すように声を発した。

「何か……」振り向いた。

「私が、物覚えのよい者であることは、ご存じですよね」

「知っている」

「では私が、市ケ谷《いちがや》の八幡町《はちまんちょう》にある菓子舗《かしや》《笹和泉《ささいずみ》》の〔十六夜饅頭《いざよいまんじゅう》〕が好物であることは？」

「どんなのだ？」

「こし餡《あん》を薄皮で包み、ほんのりと焼き色を付けたものですが……」

「知らねえな」

「たった今からで結構です。よく覚えておいてください」

「何が言いたい？」

「凄いことに気付きました」

早く話すように言った。

「《請け人《うけにん》屋》なる稼業《かぎょう》があるのは、ご存じですよね」

「俺は潜《もぐ》りじゃねえ。知らねえで、臨時廻りが務まるか」

頼るべき親類縁者や知人、あるいは親方のいない者から金子をもらい、店請《たなう》け人になるという仕事であった。店請け人がいなければ、借店に住むことは出来ない。田舎《いなか》を飛び出してきた者などを相手にしているうちは、まだ目こぼし出来たはずだった。

が、それが凶伏持ちであろうが構わず店請け人になるに及んで、取締りを受けた
「左内坂町《さないさかまち》に《伊勢屋《いせや》》という火口屋《ほくちや》があります。小さな、今日明日にも潰れそうな店だそうです。主は一之助《いちのすけ》、満三郎の店請け人です」

一之助の名を書き写したことを思い出した。

「一之助の名は、店請け人としてこれまでに二度、私の見たお調書に出てきております。鋳掛《いか》け屋と取っ替えべい飴《あめ》売りです。ともに空き巣でした。鋳掛け屋のほうは客、取っ替えべいは昔からの知り合いなので頼まれたと言い、吟味方のお調べを免《まぬか》れておりました。《伊勢屋》、もしかすると《請け人屋》かもしれません」

「するってえと満三郎の奴、真面《まとも》が正直の衣《ころも》ぉ着て、天麩羅《てんぷら》に収まっているような顔をしてやがるが、叩けば埃《ほこり》が出る口かもしれねえな」

「もしかすると、一町先まで噎《む》せるような、ね」ふふふっ、と信左衛門が胸を反《そ》らせた。

俺が犬なら信左に抱き付き、奴の頬《ほお》をべろべろと嘗《な》めただろう。が、軍兵衛はまたしても己を抑えた。

「糸口になるかもしれねえ。大助かりだ。好物は、どこぞの焼き芋《いも》だったな。任せてくれ」

信左衛門に答える間を与えず、廊下に飛び出し、玄関口に急いだ。満三郎に見張りを付けなければならない。

しかし、六、七、八日と千吉らが借店を見張り、尾《つ》け回したが、怪しい素振《そぶ》りは何も見えなかった。

一之助を脅《おど》してみようかとも考えたが、性急に過ぎると思いを改め、今は泳がせておくことにした。

満三郎を見張らせる一方で、《善兵衛店》の店子らを調べたが、殺しに繫がるようなことは何も出てこなかった。

取り敢えず、満三郎をもう二、三日尾けるように千吉らに命じた。

そして九月九日。重陽《ちようよう》の節句の日となり、思わぬところで、別の事件が起こった。

四

この日も小宮山仙十郎は、神田八軒町の銀次らと中間を引き連れ、割り当てられた見回路を歩いていた。

土橋を渡り、溜池から流れ落ちる汐留川《しおどめがわ》沿いに西に行き、葵坂《あおいざか》を上る。更に榎坂《えのきざか》を右に、汐見坂《しおみざか》を左に見下ろしながら霊南坂を上ると、間もなく今井三谷町である。ここからが受け持ちの土地となる。

何もなければよいが。

仙十郎の思いを嘲笑《あざわら》うかのように、谷の下方にある自身番の前に人だかりがしていた。

「旦那」銀次が、押し殺したような声で言った。

目敏《めざと》く仙十郎らに気付いた者が、指さしている。自身番の前にいた者どもが一斉に顔を向けてきた。

こそ泥や空き巣の所行《しょぎょう》を訴えようとしている気配ではない。もっと事件《こと》は大きい。

五日前の大家殺しと、二月前の一件が頭を掠《かす》めた。

「嫌な予感がするぜ」仙十郎が、ぼそりと銀次らに言った。

「またでしょうか」

銀次が手下の義吉に目配せをした。義吉が坂を駆け下ろうとすると、自身番の前にいた者のひとりが駆け上ってきた。

「殺しでございます」

「場所は？」

「飯倉新町《いいぐらしんまち》と申しますか、一ノ橋《いちのはし》の西詰の堀ん中で」

「殺されたのは？」

「宮下町《みやしたちょう》の渡り大工・助五郎《すけごろう》でございます」

「待ってろ」振り返った義吉に銀次が、すべて聞こえた、と頷いて見せた。

「とにかく、行くしかあるめえ」

仙十郎は自身番まで下ると、書役の者に御箪笥町の自身番まで走り、見回りが「遅れる」ことを順次申し送るように言い付け、飯倉新町に向かった。

助五郎の亡骸は、堀から引き上げられ、菰が被《かぶ》せられていた。傍《かたわ》らで飯倉片町の御用聞き・半三《はんぞう》が、年の頃は四十半《なか》ばの女の話を聞いている。

仙十郎らに気付いた半三が、女を制してから頭を下げた。

「ご苦労様でございます。こちらへ」

ふたりの手下に、見物衆を下げさせると、菰の端を捲った。

鎖骨《さこつ》が白く見えた。袈裟斬りである。脇と腹にも、刀傷《かたなきず》があった。

「二月前のと同じ斬り口だな」

「巾着《きんちゃく》はありやせんでした」

「そこんところも同じでやすね」銀次が言った。

頷いた仙十郎が女を顎で指し、半三に訊いた。「あれは?」

「見出人で。この先の《新町長屋》に住んでおりやす貞《さだ》と申します」

「何か、見たのか」

「見てはいないのですが、昨夜四ツ半（午後十一時）頃、男の叫び声を聞いたそうで。相長屋の者に訊いたところ、もうふたり、叫び声を聞いた者がおりました」

「誰も何があったか、調べに出ようとはしなかったのか」

「触らぬ神に祟《たた》りなし。黙《だんまり》を決め込むのが、この辺りの者の習いでして」

「そのお貞が、朝になって見に行ったのか」

「屑《くず》野菜の尻っぺたを漬物にしたのを売りに行こうとして、見付けたそうでございます」

「身性が助五郎と割れたのは？」

「何と申しますか、酒癖が悪い男なので、まあ鼻摘《はなつま》みとして、この辺りでは知られておりやして」

「敵も多いって訳か」

「それに、博打好きで、稼いだ金は、酒と博打に消えるって質《たち》なんで」

「殺されても泣く奴はいねえって手合《てあい》かい」

「その通りで」

「旦那」銀次が訊いた。「検屍は、どういたしやしょう？　甘酒先生をお呼びしやすか」

「殺された刻限は、叫び声のした四ツ半だろうし、この斬り口だ。殺したのは同じ奴で間違いねえだろう。診てもらうことはねえな」

「承知いたしやした」

銀次に、今まで耳にしたことを忠太に教え、奉行所まで走るように申し付けた。

「今度は、加曾利さんだぞ。出掛けている時は、当番方に話して、寺に」と言って、仏をどの寺に預けるか、半三に訊いた。半三が、源覚寺《げんかくじ》さんに運ぶつもりです、と近くの寺の名を口にした。

「源覚寺に来るよう加曾利さんに伝えてもらってくれ」

これから半刻（一時間）の間は、お定め通り、調べを受け持つ者が来るまで待っていなければならない。

「お調書でも、ちくっと書くか」

仙十郎は懐紙を取り出すと、半三を堀脇に呼び、仏がどのように浮いていたかを尋ねた。半三が慌てて手下と見出人の貞を手招いた。


その頃――。

臨時廻り同心・加曾利孫四郎は、手先の御用聞き・霊岸島浜町《れいがんじまはまちょう》の留松《とめまつ》と手下の福次郎《ふくじろう》らとともに、一ノ橋から僅かに十三町（約一千四百二十メートル）の三田《みた》二丁目の自身番にいた。

先々月に殺された脇質屋の主・慶太郎の同業の者を順次訪ね、調べていたのだが、それぞれの者に後ろ暗いところがあるためか、互いに知らせ合い、巧妙《こうみょう》に姿を暗ましていたので、話を聞くことすら難渋《なんじゆう》していたのだ。それも、すべて終わった。

最後のひとり、妾《めかけ》の家に潜んでいた金杉通《かなすぎどおり》三丁目の脇質屋を呼び出し、聞き取りを終えたところであった。

そこから浮かび上がった慶太郎の姿は、欲が深く、博打好きな男ということだった。

質草を取られて恨んでいる奴が浮かぶかと思ったが、泣き寝入りしたのか、そっちのほうは出て来ない。質草絡みの殺しじゃねえんだ。

渋茶を啜《すす》りながら、遠回りしちまったか、と加曾利は心の中で舌打ちをした。

慶太郎は、博打だな。賭場《とば》で何かいざこざに巻き込まれたに違いねえ。

「ここらの者が行く賭場というと、どこだ?」

自身番に詰めている大家に訊いた。

「その方面には、とんと疎《うと》くて……」

「土地《ところ》の御用聞きは、誰だ?」

「飯倉片町の半三親分なら、お詳しいかと存じますが」

「知ってるか」加曾利が留松に訊いた。

「何度か小網町の千吉親分の使いで、お目に掛かったことがございやす」留松は、千吉の手下から独り立ちした御用聞きである。「嘘偽《いつわ》りや、妙な駆け引きのない、本筋の親分でございます」

「そうか……」

飯倉片町ならば近くである。寄って話を聞くか。そう考えたところで、小腹が減っているのに気付いた。またぞろ歩くことになるかもしれない。腹に詰めておくか。

「この近くにまともなものを食わせる店は、あるか」

「お言葉ではございますが、目の前は袖ケ浦《そでがうら》でございますよ」

芝肴《しばざかな》と呼ばれる活《い》きのいい魚が、本芝と芝金杉から江戸の市中に出回る。江戸湊《みなと》、洲崎《すさき》と並ぶ江戸前漁場のひとつである。

「その通りだったな。謝るぜ」

「今なら、芝海老《しばえび》、鰈《かれい》、黒鯛《くろだい》、何でも美味《おい》しゅうございますですよ」

教えられた店は、金杉橋の近くであった。

腹に詰め、金杉川沿いに西に行き、飯倉片町に向かった。

「では、一っ走り、お先に知らせて参りやす」

留松が麻布十番の通りを北に駆け上った。

出遅れた福次郎が、どうするか、迷っている。

「ああいう時は、あっしが、と言って、てめえが走らねえでどうする？」

「へい……」

福次郎も走り出そうとしたが、留松の後ろ姿は豆粒になっていた。

辻番所を通り、急な上りの鼠坂《ねずみざか》に差し掛かったところで、留松の姿が見えた。ひどく慌てている。

「行け」福次郎に言った。

駆け上った福次郎が振り向いて叫んだ。

「飯倉新町で殺しです」

何だと。

坂を上り詰めた加曾利に、留松が半三の留守宅で聞いたことを話した。

「仏は源覚寺に預けてあるそうです」

「新町というと、また仙十郎か」加曾利が留松に訊いた。

「そうだと思います」

「するってえと、二月前と五日前と今朝の三件、揃って仙十郎じゃねえか」

「凄いっすねえ」福次郎が思わず歓声に近い声を上げた。

「凄かねえ。あいつが行くところ、死骸が転がっているとなると、もしかするとあの男、死神じゃねえか」加曾利が、いいか、とふたりに言った。「今日から、あいつのことを死神仙十郎と呼ぶんだぞ。裏切るなよ」

冗談で言っているようには見受けられない。どうやら本気らしい。

留松と福次郎は顔を見合わせてから、渋々と頷いた。

第二章　赤腹《あかはら》の音蔵《おとぞう》

一

九月十日。

小網町の千吉らが、《黒板長屋》の満三郎の見張りを始めて五日目になった。当初は二、三日と考えていたのだが、倍になろうとしていた。

見張り所は、長屋の斜め向かいにある瀬戸物《せともの》屋の二階を借りた。重追放を食らった悪いのがこの通りで見掛けられたので、と誤魔化《ごまか》したのだが、更《さら》に見張りを続けるのならば、日延《ひの》べをしてもらわなければならない。

旦那《だんな》は、どうなさるおつもりなんだろう。

満三郎は、出先で研《と》ぎの仕事をこなすことが多いが、持ち込まれた刃物は借店《かりだな》で研ぐ。朝から出掛けようとしないのは、頼まれ仕事をこなしているからなのかもしれない。

真面目《まじめ》によく働いているように見える。そのような者ならば、店請《たなう》け人になってくれる者は、無理に探さずともいるだろう。なのに、満三郎は火口屋《ほくちや》の一之助に店請け人を頼んだ。一之助が《請け人屋》であるかどうかは不明だが、そうであるとすれば、一之助に頼まざるをえなかったのは、真面目であり、働き者であるというのが見せ掛けだ、ということになる。

町屋の片隅に腰を下ろし、研いでいる姿を、何回か見ている。砥石《といし》に掌《てのひら》で掬《すく》った水を滴《したた》らせ、刃を見詰めながら、小気味《こぎみ》よく肘《ひじ》を遣って研ぐ様に乱れはなかった。研ぐことが好きであることが伝わってくる研ぎ方だった。

「親分」新六が、細く開けた障子《しょうじ》から顔を離して言った。「出掛けやすぜ」

「待ち兼ねたぜ」

千吉に続いて新六が、瀬戸物屋の抜け裏から表に出た。新六が先に立ち、人込みの中から満三郎を探し出した。

「よし、そろりと行こうぜ」

満三郎は天秤《てんびん》を担《かつ》いでいる。研ぎの仕事に出るにしては、出が遅いのではないか。

天秤の前後で仕事箱が揺れている。荒砥《あらと》、中砥《なかと》、仕上砥《しあげと》などの砥石や水桶《みずおけ》の他に、研ぎを仕上げた品でも入っているのだろうか。

満三郎は、通りと横道をくねくねと曲がり、赤坂新町三丁目の釜屋《かまや》横町に折れ込んだ。その足の運びは、どこに行くと決めている歩き方だった。

違うな。こりゃあ、何も起こりそうにねえな。

千吉が思ったとおり、満三郎はしょぼたれた長屋の木戸門を潜《くぐ》ると、二軒目の借店の前に立ち、腰高《こしだか》障子越しに声を掛けている。仕立て物と書かれた木札が軒《のき》先からぶら下がっているのが見えた。

「研ぎ屋でございます。お品をお持ちいたしました」

中から女の声がした。お入りなさいな。

戸が開くと、声が大きくなった。長屋の路地にへばり付いている身としては、聞き耳が立て易《やす》くなる。

「お預かりいたしました鋏《はさみ》と包丁でございます」

「急がせて済まなかったね」

「とんでもございません」

代金を受け取ったのか、腰を上げる気配がした。千吉と新六は急いで路地を飛び出し、物陰に潜んだ。

間もなくして現われた満三郎が、二丁目へと向かった。

浄土寺《じょうどじ》から溜池に流れ出ている幅三尺五寸（約一メートル余）の太刀《たち》洗川《あらいがわ》を渡った先に、足袋《たび》屋があった。足形の看板が掲《かか》げられている。満三郎は、店の前で天秤を外すと店の者に、裏に回りましょうか、と仕種《しぐさ》で尋ねた。どうぞ、と言われたのか、ひとつ丁寧に頭を下げ、店に入った。足袋屋では、足袋の型に合せて革や布を切る。ここも包丁研ぎの仕事か。しっかりと働くじゃねえか。

千吉と新六は、足袋屋から離れた。

その後満三郎は、何か研ぎものはないか、と注文取りに三軒回り、足を東に向けた。《黒板長屋》の方角である。

長屋近くの煮売り屋で、金平牛蒡《きんぴらごぼう》と芋幹《いもがら》と油揚《あぶらあ》げの煮付けを求め、足早に借店に戻った。

「悪い者には見えやせんね」新六が言った。

「旦那がよく言っていなさるだろう。小悪党は見た目にそれと分かるが、本当の悪《わる》は一皮剝《む》かなければ分からねえってな。涼しげな顔をした奴が危ないのよ。油断するんじゃねえぞ」

「そんなもんですかね」

合点《がてん》がゆかないのか、新六の声音《こわね》が鈍《にぶ》い。無理もない。千吉も、新六と同じような思いを抱いていた。

見張り所の階段を上っていると、上がり端《はな》まで佐平が出迎えに現われた。佐平は今日一日、軍兵衛の供をしていたのだ。

「旦那がお待ちでございます」そして、千吉と新六の顔色を読み取り、廊下の端に寄った。

軍兵衛は座敷に入った千吉と新六を労《ねぎら》ってから、尾《つ》けていたのか、と訊《き》いた。

千吉が、満三郎の歩いた道筋を話した。

「しゃあねえな。後二日見張って動きがなかったら、一之助を呼び出し、脅《おど》かすか」

《請け人屋》の疑いで小伝馬町《こでんまちょう》の牢屋敷に送り込むことが出来る。そうとなれば、洗いざらい吐くだろう。しかし、《請け人屋》だとしても、頼み人のことをどこまで知っているかは分からない。

九月十一日。

千吉と新六が満三郎の見張りに付いた。佐平は今日も、軍兵衛の供をして見回りに出ている。

昼四ツ（午前十時）。満三郎が長屋の木戸門から出てきた。

「今日もごゆっくりだな」

「楽な商売でござんすね」

「なりてえか」

「遠慮、いたしやす」

新六が答えた時には、千吉は階段を下り始めていた。

満三郎は、どこにも寄らずに赤坂田町を三丁目、二丁目、一丁目と歩いている。

「どこに行くんでしょうね？」

「俺が知っていると思うか」

「いいえ」

「無駄なことを訊いていると思わねえか」

「へい……」

表伝馬町《おもてでんまちょう》の一丁目に出た満三郎が、二丁目の方へと折れた。ここらには、定《じょう》火消《びけし》御役屋敷の者らを相手にした小体《こてい》な煮売り酒屋が、軒を重ねるようにして建ち並んでいる。

満三郎が縄暖簾《なわのれん》を潜ったのも、そのような店の一軒《ひとつ》であった。誰かと会うのか。中に入って探りたかったが、ふたりとも満三郎に顔を見られている。仕方ねえ、外で見張ろうかと諦《あきら》め掛けた時、新六が脇の窓障子が細く開いているのに気が付いた。

「出来《でか》した」

千吉が、陰を伝うようにして窓障子に近付き、店を覗《のぞ》いた。満三郎は奥にいた。男と向かい合い、背を丸めるようにして何か話している。

相手の男を見た。年の頃は三十を少し過ぎたくらいか、満三郎よりいくつか若そうに見えた。だが、その年で人並み以上に泥水を啜《すす》っているようなにおいがしている。

新六にも覗かせ、物陰に下がった。

「何者でしょうね？」訊いたところで、新六が首をすくめた。済みません。分かるはずないっすよね。

「分かってるぜ」

「そうなんで？」

「賭《か》けるか。あの男が善人ならば、向こう一年、酒を断《た》つぜ」

「言われてみれば、悪らしい気もしますが、客かもしれねえじゃないですか」

「らしいどころじゃねえ。ありゃあ、悪だ。餓鬼《がき》にでも、腹の中の赤子《あかご》にも分かる」

「あの、見た目でそこまで決め付けては……」

「その通りだ。決め付けちゃならねえんだ。素人《しろうと》はな。だがな、俺たちは玄人《くろうと》だ。その道の先達《せんだつ》だ。生の葱《ねぎ》を齧《かじ》っている奴の口は臭い。分かり切ってることだ」

「へい……」

縄暖簾が揺れ、満三郎と男が出て来た。

酒屋の前で立ち話をし、右と左に分かれた。

千吉は男を、新六は満三郎を尾けることにした。

「落ち合う場所は、見張り所だ。何かあった時は、自身番に駆《か》け込み、見張り所に知らせろ」

男は、それが癖《くせ》なのか、肩を怒らせると、辺《あた》りを見回しながら紀伊国坂《きのくにざか》のほうに向かっている。

そのまま行けば、喰違御門の前を通り、間ノ原に出る。西に折れれば、鮫ケ橋坂の下りだ。大家《おおや》・善兵衛の死体があった表町の空き地は、その先である。

尾ける足に力が入ったが、男は西には折れずに、真っ直《す》ぐ四ツ谷御門へと歩みを進めている。

こうなりゃ、行き着くところまでお供するぜ。

男は四ツ谷を素通りし、市ケ谷八幡宮《はちまんぐう》を過ぎた市ケ谷田町一丁目で、長延寺《ちようえんじ》谷《だに》へと延びているへっつい横町へと折れた。足を止めたのは、横町に折れてふたつ目の角を曲がった先にある、めし屋であった。《はおり屋》と《めし》の二文字が腰高障子に大きく認《したた》められていた。

飯を食うのか、酒を飲み直すのか、日が高いうちから梯子《はしご》するとも思えない。すると、ここの店の者なのか。覗きたかったが、お誂《あつら》え向きの窓障子はなかった。

暫《しばら》く外で待ってみるか。

四半刻（三十分）経《た》ったが、動きがない。満三郎には顔を知られているが、男には見られていない。

どうする？　賭けだ。入ってみるか。

迷っていた時、腰高障子が開き、尾けて来た男が現われ、縄暖簾を掛け始めた。客ではなく、店の者だったのだ。

ありがてえ。これで動けるぜ。

千吉は、市ケ谷田町一丁目の自身番に行き、

「ちいっと教えてくんな」

《はおり屋》について聞き出した。

二十数年前に店が開いた頃は、名もない小さな店だったのだが、飲み代に羽織を置いて帰った客がいたところから《はおり屋》と呼ばれるようになり、それから店に客が付き始めたらしい。

十年前に、今の主《あるじ》が居抜きで買った。主の名は音吉《おときち》、雇われている手伝いの男が長次《ちようじ》。音吉の年回りは、およそ四十の半《なか》ば。長次は三十過ぎ。

千吉が後を尾けてきた男は、長次だった。

ふたりともよい評判もなかったが、悪い評判も立ってはいなかった。長次は喧《けん》嘩沙汰《かざた》を起こしそうに見えたが、それもなかった。ただ、自身番の者たちが口を

揃《そろ》えて言ったのは、何を食べても不味《まず》いということだった。

千吉は、取り敢《あ》えず瀬戸物屋二階の見張り所まで走ることにした。

「上等だぜ」新六らとともに、知らせを待っていた軍兵衛が、膝《ひざ》を叩《たた》いて言った。「そうとなりゃ、こうしちゃいられねえ。面《つら》ぁ拝みに行こうじゃねえか」

《黒板長屋》から市ケ谷田町一丁目までは、ざっと二十三町（約二千五百メートル）。訳もない距離だった。

昼餉《ひるげ》時の《はおり屋》は、味は悪くてもかまわねえと言う、空《す》きっ腹を抱えた客で賑《にぎ》わっていた。

「新六、おめえも腹ぁ減っただろう？」

「そりゃもう、いつでも減ってますが、不味いのは……」

「気にするな。千吉、済まねえが、新六を連れて、亭主と店の様子を見てきてくれ」他に雇い人がいたら、そいつのこともな。千吉は軍兵衛に答えながら、新六を促《うなが》し、物陰で着物の裾《すそ》を下げ、羽織と股引《ももひき》を脱いだ。

遊冶郎《ゆうやろう》には見えないが、堅気《かたぎ》にも見えないふたり連れが出来上がった。千吉と新六が縄暖簾の中に消えた。

「お前は次だ。これであのふたりは顔を見られたので使えねえからな」

「へい」

「とは言ったものの、俺たちはあんなちんけな店じゃねえところで食いてえもんだな」

佐平が困ったような顔をして小さく笑った。

やがて飯を食い終えたふたりが戻って来た。

「味は？」

「どひどいってことはありやせんでした」

「よかったな」新六に言い、千吉に話の先を求めた。

「これと言って、変わったことは何も」

作りは土間と入れ込みの先に台所がある、ごく普通の酒も飲めるめし屋であり、店の者は亭主の音吉と長次のふたり。そのふたりとも注文を捌《さば》くのに手一杯で、目立ったことは、「何もございませんでした」と千吉が言った。「ただ、配膳に手間取りましてね。どうして娘っ子を雇わねえのか、引っ掛かると言えばそんなところでしょうか」

「手が足りねえか」

「女がいると、色恋沙汰《いろこい》が起きる。それに懲《こ》りたとか」新六が言った。

「だったら男を雇えばいいだろうが」

千吉を制して、軍兵衛が言った。

「十分だ。今日んところは、亭主の面と人数が分かっただけでよしとしようぜ」

「旦那、ひとつよろしいでしょうか」千吉が言った。

話すように、と軍兵衛が小さく頷《うなず》いた。

「鬼の首取ったようにお知らせしておきながら、こんなことを申し上げるのはなんですが、これが今度の大家殺しと繋《つな》がりがあるんでしょうか」

「分からねえが、分からねえ以上やるしかねえだろう」

「左様《さよう》でございやすね」千吉は意を固めたのか、見張りやしょうか、と軍兵衛に訊いた。

「満三郎は誰ぞに任せ、こっちに回ってもらうか」

「若いのを集めやしょうか」

「土地勘《とちかん》のある奴がいい。表町の亀吉。あのとっつぁんはどうだ?」

「見張る分には、御《おん》の字だと」

「分かった。そっちは急ぐことはねえ。まずは《はおり屋》だ。となれば、見張り所だが、あそこはどうだ？」と軍兵衛が、斜め向かいの、通りの角にある下駄《げた》屋の二階を見上げた。《はおり屋》の表戸を見下ろすことが出来る。

「願ったりで」

下駄屋《駒形屋《こまがたや》》にも、満三郎の際の瀬戸物屋と同様、重追放を食らったのが江戸に舞い戻っているらしいので、と話し、見張り所として借り受けた。徒《いたずら》に周り近所の者を騒がせてはいけないから、と町奉行所の同心に二階を貸していることは構えて漏《も》らさぬよう、厳重に口止めをした。《はおり屋》に知られては、元も子もない。

「八丁堀の旦那が二階にいてくださると思うと、夜も枕を高くして眠れます。いつまででもお使いください」

こちらが恐縮《きようしゆく》する程頭を下げた主の好意に甘え、見張り所に陣取った。

続けて二日見張ってみたが、特段変わった様子はない。昼八ツ（午後二時）の鐘《かね》を潮《しお》に、軍兵衛が言った。

「雁首《がんくび》揃《そろ》えていても仕方ねえ。俺は、一之助の面を見てから、亀吉に話を付けて来る。何かあったら、佐平を走らせてくれ」

見張り所の下駄屋を裏から出た軍兵衛は、外濠《そとぼり》からひとつ町屋に入った路地をくねくねと曲がりながら左内坂に向かった。

路地は入り組んでいた。南東《たつみ》に目を遣《や》ると、重なり合った軒の隙間《すきま》から外濠の水面《みなも》が光って見えるのだが、南西《ひつじさる》のほうへ進むに従い、濠が見えなくなり、何度か曲がっているうちにどちらに向かっていたのか分からなくなってしまった。

しかも、路地は突き当たりで途切れていた。

参ったぜ。

途方《とほう》に暮れ掛けた時、垣《かき》の向こうから低い話し声が聞こえてきた。裏木戸があり、その中だと知れた。

「御免よ」裏木戸をぐいと押し開け、声を掛けた。目の前に男がふたりいた。ひとりは、七十近い老爺《ろうや》で、ひとりは三十前か。若いほうの顔が真ん中から解《ほど》け、「旦那ぁ」と言った。

根津一帯を縄張りとしている三津次郎《みつじろう》。通称、根津《ねづ》三の親分配下の平三郎《へいざぶろう》だった。平三郎には、借りがあった。三年前になる。御縄《おなわ》知らずの異名を取った笹間《ささま》渡《ど》の吉造《きちぞう》を捕縛《ほばく》出来たのは、平三郎が吉造の子分・天神《てんじん》の富五郎《とみごろう》に気付いたお蔭であった。

「こいつは、妙なところで会ったな」

軍兵衛は、老爺に目で挨拶《あいさつ》をくれた。針《はり》のように尖《とが》っていた老爺の目が、俄《にわか》に和《やわ》らいだ。

「どうなすったので？」平三郎が訊いた。

「みっともねえ話だが、迷子だ。左内坂に抜けようとして、路地に嵌《はま》り込んじまった」

「こりゃ愉快《ゆかい》じゃねえっすか。猫道まで知っていなさるはずの旦那が、迷子とは」

平三郎は小さく笑い声を立てると、叔父貴《おじき》、と老爺に言った。

「それじゃ、今日はこれで」

頭を起こした時には、平三郎は軍兵衛に目を遣《や》り、ご案内いたしやす、と裏木戸には向かわず、隣家との垣を無造作に取り外すと、狭い庭を伝って歩き始めてしまった。

後ろから平三郎に声を掛けた。

「用は済んだのか」

「へい」

「叔父貴と呼んでいたが」

「表に回ると茶店になっておりまして、そこの亭主をしております」

「昔は相当暴《あば》れたようだな」

「お分かりになりますか。本当なら、根津を仕切る御方になっていたかもしれねえんですが、何しろ短気で、人にやらせればいいものを、てめえの手で三人は殺しておりましてね。そのために根津三の親分に、代を取られちまったって訳なんです。今日は、親分からの届け物を運んで来たところだったんです」

「そんなこと話して、いいのか」

「旦那は、どうこう言う御方じゃございませんから」

「昔のことだ」俺は興味がねえよ、と言い足した。

「だから、お話ししたんです」

ほんの一瞬だが、目付きが違った、と軍兵衛が言った。

「顔に出るものだな。俺たちも気を付けねえとな」

自身番に入って来た時の満三郎の目付きが、瞼《まぶた》を掠《かす》めた。やはり、あいつは堅気じゃねえ。溝《どぶ》のにおいがするぜ。

「あっしらの稼業《かぎよう》で、それと見える野郎は下の下。らしいのは中の中。それと見えねえのが上の下ってところでしょうか」

上の上だったら、どうなんだ、と訊いた。

「ぼんやり座っていたら、思わず饅頭《まんじゆう》をくれてやろうか、と思うような御方ですよ」

「丁度《ちようど》いい。見てもらいたい奴がいる。お前さんの器量《きりよう》で計ってみてくれねえか。善人か、悪人か」

庭が切れ、定火消御役屋敷の土塀に行き当たった。一之助のいる火口屋に行くには、一旦外濠沿いの道に出て、ぐるりと田町を回り込み、左内坂を上らなければならない。だが、その気は、既に失《う》せていた。亀吉も後回しにすることにした。

「面白うございやすね。どこのどいつです？」平三郎が言った。

「歩きながら話す」

軍兵衛が先に立って、外濠目指して大きく足を踏み出した。

平三郎が《はおり屋》の縄暖簾を潜って四半刻（三十分）になる。

居職《いじよく》の者が仕事終《じま》いをする夕七ツ（午後四時）にはまだ随分と間がある。客の数も少ない。亭主らの品定めをするには丁度よかった。

千吉は、佐平を供に付けるよう言ったのだが、軍兵衛は敢えて平三郎ひとりで行かせた。佐平は、まだ顔を見られていない。いつ何時《なんどき》、《はおり屋》の様子を調べに行かせることになるか、分からない。

平三郎が楊枝《ようじ》を銜《くわ》えながら、表へ出て来た。背筋を伸ばし、きっちりとは見せ掛けているが、堅気にはない、崩れたものがにおっている。

千吉らがいかに遊冶郎を装ってみても、この身体《からだ》から滲《にじ》み出てくる崩れたにおいだけは表わしようがない。新六と佐平が平三郎を見張り所に伴ってきた。

「どうだった？」

「へい」平三郎は答える前に、袂《たもと》に手を入れ、軍資金として渡した金の釣り銭を差し出した。

「少しで悪いが、とっといてくれ」

「こりゃあどうも」平三郎は拝むようにして袂に落とすと、「はっきり悪《わる》だとは言えませんが」と言って頭を上げた。「善か、悪かと訊かれれば、悪でしょう」

「どうしてだ？」

「仕事が雑で、身が入ってねえ。だから、食うものが不味い。めし屋で稼《かせ》ごうとしちゃいねえような気がしました。特に若いほうは、商いを楽しんでいません」

「だから、悪なのか」

「いえ、そうとばかりも言えねえですが、何かのために、あそこであゝしているのだとしたら……やっぱり悪っぽくはござんせんか」

「成程《なるほど》な。いいことを聞いたぜ」

「それから」平三郎が、身を乗り出すようにして言った。「昔、備前《びぜん》と呼ばれていた爺《じい》さんが、親分ところにおりましてね。その爺さんと、めし屋の亭主の話し方や面付《つらつ》きが似ているんですよ。もしかしたら、そっちの出かな、と思いまして」

「備前か……」

「あっしは江戸しか知らないんですが、蛇骨《じゃこつ》の元締んところの得治《とくじ》の兄貴は、向こうの出ですし、裏にも詳しいんで、一度お訊きになられてはいかがですか」

蛇骨の元締とは、小石川《こいしかわ》、谷中《やなか》、浅草《あさくさ》を中心とした香具師《やし》の元締・清右衛門《せいえもん》のことである。清右衛門は、平三郎の親分である三津次郎の親分で、言わば大親分という格になる。その大親分である清右衛門の右腕とも言うべき得治の名を平三郎が口にしたのは、腹と腹で付き合う軍兵衛と清右衛門、得治の繋がりを知っていたからだった。香具師の元締だけでなく、金で殺しも請け負う清右衛門と、毒も使い方によっては薬になる、と探索に清右衛門の力を借りる軍兵衛の有り様《よう》は、目端《めはし》の利《き》く平三郎には面白い組み合わせであったのである。

「ありがとよ。助かったぜ」

「では、あっしは、これで？」

「おう。悪いが、裏から出てくれるか。ここから出るところを見られちゃ上手《うま》くねえんだ」

「へい」平三郎は軍兵衛と千吉に頭を下げた。新六と佐平が見送りに立った。

「よく見ているものですね」千吉が言った。

「配膳の女を雇わないのも、めし屋が何かの隠れ蓑《みの》とすれば、頷けるな。仲間以外の者は置けねえ」

「悪党どもの隠れ家ってことですかい？」

「そうと決め付けるのは、ちいっと早いかもしれねえが、ない卦《け》ではねえな」

「と、すると……」千吉の目の色が深みを帯《お》びた。

「殺しが起こったとしても、不思議じゃねえってことだ」

千吉が思わず《はおり屋》を見下ろした。

二

九月十五日。

鷲津軍兵衛は、小網町の千吉の手下・新六ひとりを供に、東本願寺《ひがしほんがんじ》を西に、浅草寺《せんそうじ》を北に見ながら田原町《たわらまち》の通りを歩いていた。

向かう先は料理茶屋《松月亭《しょうげつてい》》。主は、蛇骨の清右衛門である。十三、十四日と亀吉に頼んで満三郎を見張らせ、自分たちは《はおり屋》を見張ったのだが、どちらも目立った動きがなく、一向《いっこう》に埒《らち》が明かない。軍兵衛は、平三郎の言《げん》を頼りに得治を借り受けることにした。

「ふたりがいてくれることを祈ろうぜ」

《松月亭》の檜皮葺《ひわだぶき》門を潜った。玄関に続く敷石の両側には小石が敷かれ、その先に手入れの行き届いた前庭が深山《しんざん》の趣《おもむき》を作り出している。

軍兵衛と新六に気付いた男衆が、横の男に囁《ささや》いた。屋号を染め抜いた半纏《はんてん》を着た男が、奥へ走って行くのが見えた。

どちらかは、いそうだな。

玄関の前に、男衆が横に並んで出迎えている。男衆が、一斉に頭を下げた。清右衛門との取引で、何人かを小伝馬町の牢屋敷から出したり、刑を軽くしていることを知っているのだ。

「元締はいなさるかい？」男衆のひとりに訊いた。

「申し訳ございません。旦那もご存じのように、居留守《いるす》を使う時もありますんで、あっしどもは答えられねえんで」

「言いづらいことを言わせて済まなかったな」

「いいえ。間もなく、はっきりと話せる者が参りますので」

「お前さん、いい器量だ。名は？」

「まだ名乗らせていただく程の者ではございません。ご勘弁《かんべん》を」

「分かった」

こっちの世界は、平三郎といい、この男といい、人は育っているのだな、と思わず男の顔を見覚えていると、玄関奥に人の気配がした。得治であった。

「お久しぶりでございます……」

挨拶を遮《さえぎ》り、元締がいるか、訊いた。

「よい時においでになられました。昨日でしたら他行《たぎよう》しておりましたし、明日も恐らくは、こちらにはいないかと」

「何でそんなに元気なんだ？　人の生き血でも飲んでるのか」

「よくご存じで。その、まさか、でございます」

「謎《なぞ》が解けたぜ」

新六を玄関脇の控えの間に残し、得治の後に続いた。廊下を、客の上がる座敷とは逆のほうへと向かっている。帳場や女衆と男衆の控所の脇を通ると、外廊下に出た。そこから渡り廊下を行くと、四阿《あずまや》の見える座敷に着いた。中で、清右衛門が待ち受けていた。七十をいくつか回っているのだろうが、生き血を啜《すす》っているだけに顔の色艶《いろつや》もいい。

「今日お見えになるなんざ、旦那は鼻が利くんですかい？」

「俺には邪念がないからな。鳥が教えてくれるのよ。『元締、いなさるよ』とね」

「それでは隠れようがありませんね」

どうです？　清右衛門が酒に手を遣《や》った。

「よしとこう。こう見えて、俺は働きもんでな。まだまだ駆けずり回らなくてはならねえんだ」

「左様でございますか。では、独りで」清右衛門は手酌《てじゃく》でひとつ飲むと、今日は、と言った。

「どのようなご用件で？」

「そう言ってもらうと、話し易くて助かる」

実は、と軍兵衛は、大家・善兵衛の一件を隠さずに話した。

「どこかに繋がりがあるのか、ねえのか、それすら分からねえのに、面を見てもらいたいと頼むなんざ、申し訳ないのだが、何とか請けてもらえねえだろうか」

「よろしゅうございますとも」清右衛門が、杯をそっと置きながら言った。「私どもは、縄張りがどうしたと、平気で命の遣り取りをする香具師でございます。そんな私どもですが、他人様《ひとさま》のお宝を掠《かす》めとる盗《ぬす》っ人《と》は、許せるもんじゃございません。いくらでもお力添えいたします。いたしますが、備前の者らしいからって、どうして得治なんでございます？」

「西のほうの出だと言ってなかったか」得治に訊いた。

「ないと思いますが。他人様《ひとさま》に郷里《さと》の話をする謂《いわ》れはございませんので」

「とすると、どこかで小耳に挟《はさ》んだのかな。忘れた」

「旦那、裏で私どものことを調べ回ってなんぞ、おられませんでしょうね」

「まさか。調べていたら、こんな迂闊《うかつ》に話すかよ。第一、黙って調べさせている程抜けちゃいねえだろう」

「左様でございますね」清右衛門の手が再び動き、杯に触れた。「気の回し過ぎだと存じます。お許しください」

「元締の怖さは知ってるつもりだ。もしぶつかる時は、正面から堂々とやる。それまでは、仲良くしようぜ」

「私もそれを願っております」

「ひとつもらおうか」

「嬉《うれ》しゅうございますね」

得治が敷居の外にいた男に顎《あご》を振って命じた。真新しい杯が来た。

互いに酌をし合い、目の高さに上げて、干した。


得治の稼業柄、一緒に並んで歩く訳にはいかない。どこに誰の目があり、得治が何と陰口を叩かれるか分からないからだ。一里半ばかりのところを、間を取って歩いた後、軍兵衛は見張り所にしている《駒形屋》の二階に上がった。間もなく得治が階段上に姿を現わした。

「あれが《はおり屋》だ。亭主は音吉で、四十の半ば。使われているのは長次。

店は十年前に居抜きで買ったものだと教えた。

「では、失礼して」得治は膝を崩すと、細く開けた窓障子に顔を寄せた。《はおり屋》は飯時なので、人の出入りがある。もう少し経てば一段落《いちだんらく》し、動きがあるかもしれない。なければ、店を覗かせるまでである。

四半刻（三十分）が経ち、更にもう四半刻が過ぎた。

入る客と出る客を見ていた得治が、客は捌けたはずですが、と言った時、店の裏戸のほうで人影が動いた。

洗った笊《ざる》や俎《まないた》を干しに、音吉と長次が現われたのだ。

得治の眉《まゆ》が、ぴくりと騒いだ。

「どうやら、見覚えがあるようだな？」

「旦那、あの男、そこらの鼠とは違いますぜ」得治が囁くように言った。

「大物なのか」

「若いのは知りませんが、年嵩《としかさ》のほうは赤腹《あかはら》の音蔵《おとぞう》。盗っ人です。音吉なんて名じゃございません」

「赤腹ってえと、イモリか」

「江戸でも盗みを働いたことがございますが、京大坂辺りを荒らしている野伏間《のぶすま》の治助《じすけ》という盗賊の一味の者でございますよ」

野伏間はムササビの異名である。軍兵衛にも、その名に覚えがあった。四年前に久松町《ひさまつちよう》の薬種問屋《大黒屋《だいこくや》》を襲い、一千両を超える金子《きんす》を盗み、柱に『御用心』の三文字を記した千社札《せんじやふだ》を残して逃亡した賊が野伏間一味だった。確か、札に小さく、ムササビの姿が付《ふ》されていた。

野伏間の顔を知っているか、尋ねた。

「ムササビは、昼は木の洞《ほら》に隠れ、夜にならなければ出てこないという用心深さのため、野伏間と言われておりますからね。とても、顔までは」

十分だった。

「ありがとよ。お手柄だ。町奉行所から褒美《ほうび》をやりてえところだが、そうもいかねえから、俺の胸に納めておく。勘弁してくれ」

「よろしいんですよ。泣く者が減れば」

「その言葉、忘れねえぜ」

見交《か》わした目を解きながら軍兵衛が、

「よく知っていたな」と得治に言った。

「京や大坂にも息の掛かった者がおりますし……」

そうか。得治が小さく笑い、思い出しました。手前が西国の出だと話した者がひとりだけおりました。

「それが誰だか知らねえが、その女じゃねえよ」

「女？」得治が、眉根《まゆね》を寄せた。

「男だったかな」

「旦那。そいつをどうこうするつもりはございません。話したのは、手前なんですからね。用心なさらなくて結構です」

「そうしてくれ。多分そいつじゃねえからな」

「分かりました」

長居は無用と申します。見られては何ですので。得治は、軍兵衛と千吉らに頭を下げると、裏から風のように消えた。

「大したものでございますね」

唸《うな》っている千吉に、そんな呑気《のんき》なことを言っている暇はねえぞ、と活《かつ》を入れた。

「大家殺しがとんでもねえ奴を炙《あぶ》り出してくれた。満三郎が野伏間の一味だと考えれば、善兵衛が殺されたのも頷けるってもんだ。恐らく、満三郎の何かを見るか、聞くかしちまったんだろうぜ」

「筋は通りやすね」

「賭けてもいい。間違えたら、向こう半年、酒を断つぜ」

千吉と新六が思わず顔を見合わせたが、軍兵衛の知るところではない。

俺が戻るまで見張りを続け、音蔵と若いの、どちらが出掛けても必ず尾行するよう千吉に命じ、軍兵衛は奉行所に向かった。満三郎を見張っている亀吉にも同じことを伝えるよう、佐平に言い置くのも忘れなかった。


八ツ半（午後三時）。

奉行所の玄関を駆け上がった軍兵衛は、廊下を大股で歩き、例繰方《れいくりかた》同心の詰所《つめしょ》に飛び込んだ。

宮脇信左衛門がいつものように文机《ふづくえ》の前に膝を揃え、お調書に添付するためなのか、半切れに細かな文字を書き連ねていた。軍兵衛にしてみれば、ぞっとするような作業であったが、町回りよりも、奉行所にあって口書《くちがき》帳《ちょう》や御仕置例類《おしおきれいるい》などを眺めているほうが楽しいから、と例繰方を強く志望した変わり者だけのことはある。夢中で鼠の糞《ふん》のような文字を書いていて、気が付かない。いつからそこに？　咳払《せきばら》いをひとつしてやると、はっ、と顔を上げ、訊いた。

「たった今だが？」

「そうでしたか」手許《てもと》の半切れを隠すように脇に置き、まさか、と言った。「また、何か」

「その、まさかだ」うんざりしそうになっている顔の前に己の顔を突き出し、

「物覚えがよかったな」

「程々に……」

「野伏間の治助。どうだ、覚えはあるか」

「ございます。確か、四年前と八年前に押し込みを働きました」

八年前……？　言われて、諏訪町《すわちょう》の生蠟燭《きろうそく》問屋《越後屋《えちごや》》の一件を思い出した。忘れていた。

「さすがは、信左だ。よく覚えていたな」

「私は、一度耳にした名は忘れません」

「そんなことはどうでもいい。奴が動き出しそうなんだ」信左衛門に言うや、例繰方の筆頭同心に、「暫《しば》し借ります」と声を投げ、信左衛門の腕を取って立ち上

がらせると、背を押して廊下に出し、年番方《ねんばんかた》与力の詰所に急がせた。

年番方与力は、与力の最古参の者が就《つ》き、金銭の出納《すいとう》から同心の任免《にんめん》まで、幅広い権限を持つ、奉行所の要《かなめ》であった。その年番方与力の大役を担《にな》う島村恭介《しまむらきょうすけ》は五十九歳。まさしく最古参であった。


年番方の詰所前の廊下に膝を突き、名乗った。鷲津軍兵衛でございます。

「よろしいでしょうか。例繰方の宮脇信左衛門共々、お知らせいたしたきことがあり、参りました」

「入れ」島村は筆の手を止め、軍兵衛らが座るのを待ち、何か出来《しゅったい》いたしたのか、と軍兵衛に訊いた。

「えらいのが引っ掛かって参りました」

「私にも聞かせてくれ」声が廊下からした。振り返ると、内《うち》与力の三枝幹之進《さいぐさみきのしん》が立っていた。


内与力は、町奉行職に就いた大身《たいしん》旗本が家臣の中から選んだ私設の秘書で、用《よう》人《にん》のようなものだった。私設の秘書であるから、島村のような与力らが、町奉行が代わっても同じ与力の職にあるのに対して、主人が奉行職を離れると、自らも与力職を辞し、元の家臣の身分に戻ることになる。

「御免、構わぬでしょうか」

島村が招《しょう》じ入れ、話を進めるように、と軍兵衛に言った。

「野伏間の治助の、一味の者を見付けたのです」

「あの四年前の野伏間か」島村が言った。

「そうです」答えながら、俺と一緒だ、八年前のことを忘れてやがる。俺は覚えていたぞ、という振りをして、滔々《とうとう》と話してやろうかとも考えたが、詳しいことが思い出せないので、市ケ谷田町でめし屋を開いていること、見張り所を設けていることなどを、手短《てみじか》に話した。

「ひとつ、言い忘れてはおらぬか。赤腹の音蔵だと見抜いたのは誰だ？　蛇骨の息の掛かった者ではあるまいな」

「どうして蛇骨とお思いに？」

「其《そ》の方のしそうなことは分かっておるわ。どうなのだ？」

三枝が息を潜めている。蛇骨との繋がりを知っている顔である。

「毒をもって毒を、という奴です。此度《こたび》は見返りは何もございませんので、ご安心を」

「儂《わし》に腹を切らせるようなことはするなよ」

「十分心得ております」

「実《まこと》かの……」

　さかんに首を横に振っている島村を見捨て、

「その野伏間の某《なにがし》のことを、もう少し教えてくれぬか」三枝が軍兵衛に訊いた。

「信左。出番だぞ。内与力様のご下問《かもん》だ」

「私は、このために連れて来られたのですか」

「当たり前だ。お前さんは、北町一の頭の持ち主だからな。話して差し上げなさい」

「そこまで言われますと」信左衛門は、嬉しげに首をくねくねと伸ばしながら、今ここではっきりと申し上げられるのは、四年前と八年前の押し込み二件についてでございます、と言った。「四年前に襲ったのは、中風《ちゆうふう》中気《ちゆうき》の薬「烏骨散《うこつさん》」で名高い、久松町の薬種問屋《大黒屋》。一千二百両の金子を奪っております。八年前は、諏訪町の生蠟燭問屋《越後屋》で、こちらでも一千両近い金子を奪い、店の者に気付かれることなくものの見事に逃げ去っております」

「憎《にく》い奴らよの」三枝が言った。

「この賊が野伏間と知れましたのは、押し込みの後にムササビの絵を入れた『御用心』という千社札を残すことからです。京大坂でも、長年に亘《わた》って跋扈《ばっこ》しておりまして、大坂町奉行所でもやっきになって探索をしたようですが、まったく一味に近付けなかったとのこと。かろうじて判明したのが、賊の頭《かしら》が野伏間と異名を取る治助なる者だということだけで、その辺りの経緯《いきさつ》を含めて、江戸へも通達がございました」

「それがまた、江戸で押し込みをやろうとしているというのだな？」三枝が訊いた。

一味の者が江戸に入っているんだ。そうに決まっているだろうが。軍兵衛は答えずに口を閉じたままでいる。

町奉行の意を受け、大名家や大身旗本家に関わる一件には目を瞑《つぶ》ろうとする三枝とは、反《そ》りが合わぬどころか、何度もぶつかっていた。

「軍兵衛」と、島村が答えるように促した。

「恐らくは……」

「どうであろう。私も探索に加えてもらえぬかな」

また来やがった。口添えを頼みます、と三枝が島村に言った。

「年番方はこの者らの探索が滞《とどこお》りなく運ぶよう助力はいたしますが、一件の判断は臨時廻りの裁量《さいりょう》に任せることになっておりましてな」

「加えろ」と三枝が、真顔で軍兵衛に命じた。「其の方は、いつも捕物出役《とりものしゅつやく》に加えると約束しておきながら、突然のことで、と言い訳し、約束不履行を続けておる。最早《もはや》、我慢ならぬ」

　怒るのも無理はなかった。初めから呼ぶ気などさらさらないのに、その折には、と調子よく答えていたのだ。

「嘘吐《うそつ》きと仰《おお》せになられますか」

「有り体《てい》に申せばな」

「もう少し言いようがあるでしょう」

「口先だけの者が何を言うか」

　駄目だ。やはり、この男とは通じ合えぬ。俺は、あんたが嫌いだ、と前に面と向かって言ったじゃねえか。忘れたのかよ。嫌っている者が嘘を吐くのは当たり前だろう。

「残念ですな」軍兵衛の袖《そで》を、信左衛門が引いた。その手を振り解《ほど》き、「そこまで言われたら、ああ、そうですか、とは、とても言えませんな」

横を向いた。

「軍兵衛、三枝殿は捕物がお好きなのだ。分かって差し上げぬか」

「この先、殿が、いや御奉行がいつまで奉行職におられるかを考えると、一度は共に出てみたいのだ」

「軍兵衛」島村が、また言った。名を呼ぶのは三度目である。九官鳥《きゆうかんちよう》じゃあるまいし、グンベグンべとうるさいじゃねえか。

「……承知いたしました。但《ただ》し、探索はどのようになるか、その場で臨機応変に対処いたしますので、なかなか奉行所まで人を遣ってお呼びするのは難しゅうございます。捕物出役には、必ずお呼びするということでは如何《いかが》でしょうか」

「それで手を打とう」

「決まりだな」

島村は気持ちよさそうに笑うと、明朝、と言った。

「定廻《じようまわ》りと臨時廻りを集め、野伏間の一件を話す。朝五ツ（午前八時）には臨時廻りの詰所に皆を集めておけ」軍兵衛に命じた。ということは、島村もその刻限に出仕《しゆつし》するつもりらしい。

「私も参加いたします」三枝が言った。

「それでは、これよりもう少し詳しく調べておきますので」信左衛門が低頭した。

「十分詳しかったぞ。覚えのよさに、改めて感服《かんぷく》した」島村が言った。

「ありがとうございます」軍兵衛を見た信左衛門の目に、笑みはなかった。「ですが、先程話しながら気付きました。何か、見落としています。それが、何なのか」

調べます、と言って、信左衛門は早々に年番方の詰所から引き上げた。これから例繰方の書庫で古いお調書を取り出し、格闘をするのだろう。

「見よ、軍兵衛。あれが宮脇の強みだ」島村が言った。

「謙虚にならねば、と痛感いたしております」

「分かればよい」島村は機嫌よく頷くと、これからどうするのだ、と訊いた。

「まだ、奴どもにこれといった動きはなさそうですが、ふたつの見張り所に手先の者を残して来ましたので、様子を見に戻り、宵《よい》五ツ（午後八時）までは見張るつもりでおります」

「組屋敷に、誰ぞ走らせるか」

屋敷に戻るのが遅れると知らせなければならない。

「まだ周一郎《しゆういちろう》がおるかと思われますので」

「そうか」

島村と三枝に会釈《えしやく》して、廊下に出、養生所《ようじようしよ》見廻り同心の詰所に向かった。周一郎は見習を終え、本勤並《ほんづとめなみ》の役格になっていたが、お務めの内容に大きな変化はなく、様々な役目に順次就いていた。その間に適性などを見られるのである。

周一郎は、養生所見廻り二十年の同心・佐竹金吾《さたけきんご》と文書の整理をしていた。軍兵衛は佐竹に目礼《もくれい》し、定刻に組屋敷に戻れるのか、周一郎に訊いた。

「まだまだ片付けなければならないことがありますので、少し遅くなりますが、暮れ六ツ（午後六時）前には戻れると思います」

「おう。それで十分だ」

「遅くなられるのですか」

「早くても夜四ツ（午後十時）は過ぎる、と栄に伝えておいてくれ」

「承知いたしました」

「月のまとめをしているのか」

軍兵衛も、養生所見廻りの手伝いをしていた時に、同様のまとめをしたことがあった。何の病を患《わずら》っているのか。どの辺りに住んでいる者に患者が多いのか。

それらを分類するだけでなく、男女の比、年齢層、掛かる費《つい》えは平均幾《いく》らぐらいかなどをまとめなければならなかった。その他、賄《まかな》いの者や看病中間《ちゆうげん》の出入りなども細大《さいだい》漏らさず記すのも、御役目の内であった。

「周一郎殿は、この若さで、薬草の勉強もしておられるのです。大したものですぞ」佐竹が、薬草園での周一郎の様子を話した。採取だけでなく、薬草の乾燥も手伝っているらしい。軍兵衛の知らない姿であった。だが、その一途《いちず》さが気になった。俺は、そんなこと、一度もしたことがない。

「佐竹殿に褒めていただいたところで何だが、一言、言わせてもらう」周一郎に言った。

「はい」

「お前は真っ直ぐ過ぎる。もう少し、羽目《はめ》を外すとか、暴れるとか、遊ぶとか、捩《ね》じ曲《ま》がったほうがよい。分かるか」

「何となく」

「俺たちの相手は、悪だ。捩じ曲がってる奴ばかりだ。養生所に来る患者も、狡《ずる》いのとか、悲惨なのとか、多少曲がったのが来る。こっちが真っ直ぐ過ぎると、見落とすものがある」

「だから、遊べと？」

「簡単に言うと、そうなる。早い話が本道《ほんどう》の先生が臍《へそ》を調べようとして、腹を見たとする。臍がなかった。お前が医者なら、どうする？」

「そのような人がいるのですか」周一郎が佐竹に訊いた。佐竹も首を捻《ひね》っている。

「さてさて、どうするかな？」

「蛙《かえる》であったのであろうよ」島村だった。様子を見に来たのだろう。

「ああ」周一郎と佐竹が声を上げ、もうひとり、島村の後ろにいた三枝も、そうか、と悔しげに手を打った。

「何を下《くだ》らぬことを言っておる」

「お言葉ですが、これは大事なことです」

島村は、軍兵衛を押すようにして脇にどけると、周一郎に言った。

「其の方の父は、実に腕のよい同心だ。だが、惜《お》しいかな、ちょいと度が外れておる。其の方は今日から儂を父と思え。よいな」

「では、これから奉行所では、父上とお呼びいたしてよろしいのですね？」周一郎が、目を輝かせた。

いや。島村が口籠《くちご》もっていると、

「さぞや皆、混乱いたすでしょうな」軍兵衛が笑い声を上げた。

「流石《さすが》、親の子だ。手強《てごわ》いの」

島村が額《ひたい》に手を当てた。

三

九月十六日。朝五ツ（午前八時）。

臨時廻り同心六名と定廻り同心六名が集まっているところに、例繰方同心の宮脇信左衛門が現われ、隅に腰を下ろした。気付いた加曾利孫四郎が、お前が来たとなると、大事だな、何だ、話せ、と責付《せっ》いた。

「後で、申し上げます」信左衛門は膝許に置いたお調書を隠すようにして答えている。

「それは、何だ？」

「止《や》めろ、加曾利。直ぐに分かる」軍兵衛が言った。

「と言うことは、軍兵衛、お前も知っているな。話せ。勿体《もったい》を付けやがって、気に入らんな」

ふて腐れているところに、島村恭介が三枝幹之進を伴い、臨時廻り同心の詰所に入って来た。

「待たせたな」

島村は加曾利を見ると、四年前久松町の薬種問屋《大黒屋》が襲われた一件を覚えているか、と訊いた。

「勿論《もちろん》でございます。確か野伏間の治助の仕業《しわざ》であったかと」

「その野伏間一味の者の所在を、鷲津が探り出してきたのだ。今日、皆に集まってもらったのは、そのことを伝えるためだ」響動《どよめ》きが静まるのを待って軍兵衛の名を呼び、島村が経緯《いきさつ》を話すように言った。

軍兵衛は皆に向き直り、元鮫河橋表町の空き地で大家・善兵衛《はぶ》の死骸が見付かってからのことを、平三郎や蛇骨の清右衛門らとの関わりを省いて話した。

「そのめし屋は、一味の隠れ家なのでしょうか」小宮山仙十郎が訊いた。

「かもしれねえ。まだ、そうとは言い切れねえがな」

「しかし、十年前からってのは、随分と念が入った話だな」加曾利が首を捻《ひね》っている。

「それで、例繰方に来てもらっているのだ」島村が信左衛門に頷いて見せた。「信左が重要なことに気付いた。いいか、よく聞けよ」

では、申し上げます。信左衛門は、膝許のお調書を取り上げた。

「野伏間は、江戸で二度、押し込みを働いております。四年前と八年前です」

それぞれの店の名と場所と、強奪された金子の高《たか》を読み上げ、続けた。

「では、その間はどうしていたのか。京大坂で同様の手口で押し込みをしていたのです。すべてに『御用心』の千社札が残されておりましたので、一味の所業だと判明いたしております。つまり奴どもは、江戸で押し込み、二年後に京大坂で押し込み、そのまた二年後は江戸、そのまた二年後は京大坂、と順を追って押し込みを繰り返しているのです。そして今年が、江戸の年に当たります」

「当たりますって、もう九月だぜ。年が暮れっちまうぜ」加曾利が皮肉っぽく笑った。

「終わりまで聞け」島村が睨《にら》んだ。加曾利が黙った。

「四年前、久松町の薬種問屋《大黒屋》が襲われたのは、十一月二十八日。昼までは晴れておりましたが、午後から夜にかけて雨、とお調書にございました。また八年前の諏訪町の生蠟燭問屋《越後屋》は、十月二十七日。雨降りの日でした。これに京都並びに大坂町奉行所から送られてきたお調書などを読み合わせたところ、二年前に起きた京の一件は十二月二十六日。雨から雪になった日。六年前の大坂の一件は、十一月二十四日。風の強い日でした。どうです、押し込みの頃合と天候に、癖のあることがお分かりになられたと思いますが」

「十、十一、十二月の晦日《みそか》近く。雨に雪に風、か。天気が悪い日を狙《ねら》って仕掛けるようだな」軍兵衛が言った。

「それと、雪のお蔭で判明したそうですが、舟を使うようでございます。京の一件では、川岸まで賊どもの足跡が残っていたそうです。一味の者と金を載せ、舟で逃げる、というのが野伏間の遣り口なのでしょう。押し込み先は、江戸ですと、久松町は目の前が浜町堀《はまちようぼり》ですし、諏訪町には大川《おおかわ》が流れております」

「聞いたか、加曾利。晦日近くで、天候が悪い日。狙われるのは舟で逃げられる水辺のお店ということだ」島村が言った。

「これからだ、ということが、よく分かりました」加曾利が胸を張り、威張《いば》るようにして応じた。

「流石は宮脇信左。よく気付いたものだな」

軍兵衛の言に気を良くして、信左衛門がお調書の束から人相書《にんそうがき》を取り出し、広げて置いた。

「大坂町奉行所から送られてきたものです。肝心《かんじん》の治助はございませんが、一味の者二名のでございます」

「よく作ったな」加曾利が大仰《おおぎょう》に驚いたのには、訳があった。人相書は、『御定書百箇条』に記されているように、公儀《こうぎ》への謀反《むほん》、主殺し、親殺しなどの大罪を犯した者を捕らえるための手配書である。僅《わず》かな例外はあるものの、盗賊の人相書が作られることは、滅多《めった》になかった。

人相書には似絵は付いていない。あればもっと分かり易いだろうからと、軍兵衛は似絵をよく描かせていたが、それらは己の裁量でしていることだった。

「これは公《おおやけ》のものではなく、江戸両奉行所への知らせ、という形で送られてきた、と聞いております」

「それだけ、腹に据《す》えかねたのであろう。意を酌《く》もうではないか」

「拝見」軍兵衛が人相書を手に取った。

『　無宿《むしゅく》音蔵
一、丈四尺八寸（約百四十五センチ）
一、歳四十前後

一、色浅黒く、口大きめ、獅子鼻《ししばな》

一、背に、赤腹の彫り物　　　　　　』

などと書かれていた。

「よく背中の彫り物まで分かったな」

「添え書によりますと、音蔵を見知っていた盗賊仲間の男が、他の押し込みで御《お》縄《なわ》になり、野伏間一味の者のことを話す代わりに、お目こぼしを願い出たとか」

「成程な。小悪党のあがきのお蔭か」

もう一枚の人相書を繰《く》った。

「やはり野伏間の一味の者で、徳八《とくはち》という者です」信左衛門が口を添えた。加曾利が覗き込んだ。

『　無宿徳八

一、丈五尺一寸（約百五十五センチ）

一、歳五十半ば

一、色白く、目鼻立ち小作り

一、右の首筋に刀傷《かたなきず》　　　　』

首筋の刀傷が目印になると考え、彫り物のある音蔵と合わせて、敢えて人相書を起こしたものと思われた。

「音蔵は、このような者であったか」島村が軍兵衛に訊いた。

「大坂の押し込みから六年が経っております。私が見た男は、四十半ばですので、歳の頃と言い、背丈と言い、間違いないか、と」

「うむ」島村が大きく頷いている間に、

「信左、ちと訊くが」加曾利が尋ねた。

「一味に剣を使う奴はいねえのか。それも凄《すご》い腕前だといいんだが」

「書かれてはおりませんでした」信左衛門がひどく済まなそうな顔をした。

「狸穴坂と飯倉新町の殺しとは、繋がりなんぞねえだろうよ」軍兵衛が言った。

「やはり、そうだろうな」加曾利は、月代《さかやき》を爪の先で掻《か》くと、そっちに動きがない時は手伝え、と言った。「そうすれば、俺も野伏間捕縛の手伝いが出来るというものだ」

「加曾利、先《ま》ずは二件の殺しを追え。信左の読み通りなら、野伏間が押し込みを働くのは、早くても十月の晦日近くだ。まだ目立った動きはせぬはずだ」

「心得た」

「三枝様も、今はまだ奉行所でお待ちください」軍兵衛は三枝に釘《くぎ》を刺すことを忘れなかった。「見張り所は、握り飯ひとつと水で身動きせずにおらねばなりませんので」

「そうか……」三枝が素直に引き下がった。

島村が、それぞれ持ち場に戻るように言い、散会となった。皆とともに詰所を出ようとした軍兵衛を呼び止め、島村が言葉を掛けた。

「まずは音蔵だな」

「根《こん》比べとなれば、負けません」

「頼もしい限りだな」ところで、と島村が軍兵衛に言った。「昨日は周一郎に、其の方は実に腕のよい同心だ、と嘘も方便《ほうべん》で言ってやったが、忘れてはおるまいな？」

昨日の今日で忘れるか。おまけに、嘘も方便だ、と。軍兵衛は思わず島村を見詰めた。

「父の威厳《いげん》を保ってやったのだ。大いに感謝しろよ」

笑おうとして島村が、口を閉ざした。

「そうであった！」

突然、三枝が声を発したのだ。驚いている島村に背を向け、「いつぞや、賊に襲われた時に、私がおらねば危ないことがあったな」軍兵衛に言った。

二年前になる。雨燕《あまつばめ》のお紋《もん》の一件の前に、夜道で赤頭《あかがしら》の三兄弟の末弟・吉三郎《きちさぶろう》の一味に襲われたことがあった。あれか、と記憶の隅からほじくり返していると、

「受けた恩は、忘れずにな。よいか。私をないがしろにするでないぞ」三枝が勝ち誇ったような顔をした。

軍兵衛らが市中に飛び出してから、半刻（一時間）程の時が過ぎた頃――。

八丁堀にある島村恭介の組屋敷は、客を迎えて賑わっていた。鷲津家から行儀《ぎょうぎ》見習として屋敷に奉公に上がっている、故押切玄七郎《おしきりげんしちろう》の娘・蕗《ふき》には、嬉しい客であった。

客は、蕗の朋輩《ほうばい》として行儀見習をしていた八重《やえ》だった。五月に嫁《とつ》いでから、旦那様と一緒に挨拶に来たことはあったが、ひとりで来たのは初めてのことだった。

八重の父は、北町奉行所牢屋見廻り同心・橋本矢八郎《はしもとやはちろう》。八重の夫は、南町奉行所の養生所見廻り同心・七重十郎《ななえじゅうろう》。周一郎が今配属されている御役目の南町の

同心である。

北と南は月番交替になっているので、お会いする機会はないのかもしれないが、帳面に残されている周一郎様の筆跡は見ているはずだ。尋ねてみようかしら。でも、何と言って……。

「根掘り葉掘り訊きましょうね」

奥様が嬉しげに仰《おっ》しゃった。どうお答えしたら、と思っているうちに、八重が来てしまった。

八重は、まだ子供を産んでいないので眉は剃っていなかったが、鉄漿《かね》を付けていた。前にも見たけれど、娘時分の顔の感じに慣れているので、くすぐったい気がする。

「残念でしたわね」と奥様が、今頃ならば出仕される旦那様にご挨拶出来るだろうと、頃合を見計らって来た八重を慰めた。「周一郎さんのお父上が、盗賊一味の隠れ家を見付けたとかで、今朝は六ツ半（午前七時）どころか、明け六ツ（午前六時）過ぎには起き出して、早々に奉行所に行っておしまいでした。例繰方の方から、使いの者も来ていましたから、大忙しなのでしょう」

「お義父様《とうさま》は、相変わらずなのですね」八重が蕗に言った。

「鷲津の父は、いつもの通りです。変わりません」何も変わらない。それは、蕗にとっては何よりありがたいことだった。

「その『鷲津の』は、余計だとは思いません？　もうお義父様と同じなのですから」八重が首を傾《かし》げるようにして訊いた。

軍兵衛のことを話す時、必ず『鷲津の』と言ってしまうのは、実の父と軍兵衛の間に起こったことを、思い出すからだ。

蕗の父は、黒鍬《くろくわ》の同心であった。母の薬代を得るために、殺しの請け人をしていた。その一件に鉈《なた》を振るったのが軍兵衛だった。軍兵衛らと対峙《たいじ》し、散った父。父の後を追うように自害して果てた母。黒鍬の組頭と軍兵衛の計らいにより、蕗の父は病死ということになり、蕗に累《るい》が及ぶことはなかったが、両親を一時《いちどき》に亡くした蕗は、遠国に住む伯父《おじ》に引き取られた。だが蕗は、周一郎恋しさにひとり江戸に舞い戻ってしまった。父の罪を思えば、周一郎に会うのははばかれたが、それでも恋しさが募《つの》り、矢も盾《たて》もたまらず江戸に来たのだ。一方、蕗を憎からず思っていた周一郎も、江戸で見掛けたという話を頼りに蕗を探し回り、ついに住み込みで働いていた蕗を見付け出した。

軍兵衛は、まだ幼さの残るふたりの気持ちと身体が熟すまで、蕗を行儀見習として島村恭介に預けることにした。この間の経緯を知る者の数は少ない。少ないが、いる。何が起ころうとも立ち向かっていけるだけの覚悟があるのならば、添うのもいい、と軍兵衛も、妻女の栄も思っていた。ふたりの思いを周一郎と蕗も、熟知していた。

それらのことを、八重は何も知らない。奥様は知らぬげに振る舞っておられるが、本当はどう思っていらっしゃるのか、蕗には分からなかった。

「旦那様は、どうですか」奥様がお訊きになった。話を逸《そ》らしてくれたのだろうか。蕗も、お優しいですか、と尋ねた。

「それが、大変なのです」

八重は、それが話したくて訪ねて来たらしい。膝をにじるようにして前に出ると、堰《せき》を切ったように話し始めた。

「実家の父も、兄も、あまり汗掻《か》きではなかったのですが、七重の家は、義父も、旦那様も、それは滝のように汗を掻くのです。とても尋常《じんじよう》とは思われません。夕刻帰宅した時には、肌衣から羽織までぐっしょりと濡《ぬ》れ、さらに頭からは湯気を立てております」

奥様が声を立ててお笑いになったので、蕗も羽目を外し、遠慮なく笑った。

「笑い事ではございません。でも、私、許すことにいたしました。ふたりとも、それは真面目なのです。なぜそこまで一生懸命になれるのか不思議なくらいです。お医者様や病人の方々のために、一心不乱《いっしんふらん》なのです。義父など、もはや隠居の身なのですよ。それなのにまだ、昔世話をした病人の様子を気にして、見舞ったりなどするのです。私、そんな旦那様と義父に出会えて、本当に嬉しく思います」

八重は目許を拭《ぬぐ》うと、照れたような笑みを浮かべ、蕗に言った。

「周一郎様もお忙しいと思います。与力様がおひとり、必ず詰めておられるので、気が抜けない。それはよいのですが、通いの方の受付をしたり、看病の中間や、賄い方への細かい指示が大変なのです。入所されている方、百五十人近くいらっしゃるのですって。それから、亡くなられた方の回向《えこう》の指示など、とにかくやることが多くて、お忙しい。義父が若い頃は、入所の手続きが今より面倒だったために、養生所を頼りにやって来る人も少なかったそうですが、今は簡単になったので、その分増えているんだとか」

八重は、目をくるくると回して見せると続けた。

「担ぎ込まれる怪我《けが》人も多いそうです。高いところから落ちたとか、材木の下敷きになったとか。目を背《そむ》けたくなるような怪我もあります。でも、牢屋見廻りの御役目の後ということが多いので、周一郎様もそうでしょ、斬首《ざんしゅ》を見ていますから、立ち竦《すく》むようなことは少ないのですって」

「そのような物騒《ぶっそう》なお話、胎教《おなか》によくありませんよ」奥様が柔らかなお声でたしなめられた。

「あら、私、まだ嫁いだばかりですから」

「それだけ旦那様のことを思われているのですから、直ぐですよ。七重様は、周一郎さんのことはご存じなのですか」

「旦那様は南町ですので、普段は周一郎様とは入れ違いでお見掛けしなかったようですが、気になる患者がいるからと、非番の日にいらしたことがあったそうです」

「周一郎様が?」蕗が訊いた。

「それで」と八重が頷きながら言った。「お会いしたことがあるそうです。出来ぬことだ、とそれは褒めておりましたよ。旦那様が褒めるのですから、それは大したものです」

「あらあら、凄い肩の持ちようですね」

八重が両の袖口を合わせ、顔を隠した。

「よかったですね」と奥様が仰しゃった。「養生所を始めた頃は、恐ろしい薬草のお試しにされるのだとか噂が立って、患者の数は少なかったという話ですが、今では八重の話の通りのようですからね。こうして町屋の者たちが安堵《あんど》して暮らせるのも、八代様（吉宗《よしむね》）が目安箱《めやすばこ》の文を取り上げてくださったお蔭なのですね」

「ですから私、旦那様を支えていくのは冥利《みょうり》と考えておりますの」

蕗は、八重と奥様の言葉を聞きながら、私とこの人たちは違う、と思っていた。

養生所は貧しい者の味方と言うけれど、それは町屋の者のこと。貧しい武家には、門戸を開いてはくれなかった。だから、父は高価な薬代を得るために……。

涙が、湧《わ》き上がり、頬《ほお》を伝った。

「蕗様」目敏《めざと》く気付いた八重が言った。

「どうしました？」奥様が訊かれた。

「何でもございません」蕗は懸命に首を横に振った。「八重様はよいところに嫁がれたと嬉しくなって……」

「まあ」八重は蕗の手を握った。温かな手だった。小さく上下に揺すっている。

「それでは、皆でゆっくりと、何か美味《おい》しい昼餉を作りましょうか」奥様が立ち上がりながら仰しゃった。

「私に味付けをお任せいただけますか」八重が言った。「腕を上げましたので、奥様と蕗様に食べていただきとう存じます」

「お願いいたしましょうか。期待していますよ」

「期待される程には、上がっていないかもしれませんが」

「あらあら」

奥様は可笑《おか》しそうに目許を和《なご》ませると、蕗に言った。

「もう二年もしたら、嫁ぐ年頃になります。しっかりと腕を上げておきましょうね」

「はい……」

本当にそのような日が来るのか。来ると信じていたが、もう二年と言われると、どこかで信じられないような思いがしていた。

昼九ツ（正午）の鐘が鳴り終わった。

ここまで《はおり屋》に、変わった動きはなかった。

軍兵衛は、見張り所に詰めていた千吉らとともに握り飯と煮染《にし》めの昼餉を食べ終えたところで、殺された善兵衛の足取りをもう一度丁寧に追ってみることにした。

善兵衛は《黒板長屋》を辞した後で、満三郎をどこかで見掛けたのではないか。もしかすると、尾けたのかもしれない。そして気付かれて殺された。そう考える以外、殺される理由が思い当たらなかった。

「満三郎が《はおり屋》の長次と会った表伝馬町の煮売り酒屋な、あそこらを中心に訊き回って来るぜ」

「そのようなことは、あっしどもがいたしやすが」

「見ときたいんだ。その煮売り酒屋をよ。勝手させてくれ」

では、と言って千吉が、新六と佐平を見た。

「ここは動きはなさそうですし、どちらか供に付けやしょうか」

「そうよな……」

満三郎が長次と会った時、尾けていたのは、新六だった。

「その時、奴が歩いた道を辿《たど》れるか」

俄に心細げに顔を曇《くも》らせたが、千吉に睨まれ、新六は唾《つば》を飲み込みながら頷いた。

「覚えはいいんです」

どこかで聞いたような台詞《せりふ》だが、信じることにした。新六を借り、中間の春助を連れて、裏から見張り所を出た。

新六はところどころで足取りが乱れたが、どうにか満三郎が歩いた道を見付け出した。

しかし、表伝馬町二丁目の煮売り酒屋界隈《かいわい》は、小体な店がひしめき合っているだけでなく、幾重《いくえ》にも折れ込んでおり、更《さら》にそれぞれが訳有りの店のようで、尾けている分にはよいが、善兵衛のことを尋ねても埒《らち》が明かなかった。

「広い通りに出るか」

明樽《あきだる》を蹴《け》飛《と》ばし、路地から通りへと抜けた。

溜池を渡って来た風が、通りを横切り、町屋の暖簾を揺らしている。

取り敢えず、《黒板長屋》のほうへ行くことにした。

一町（約百九メートル）程進み、赤坂新町二丁目に差し掛かったところで、横町から男が飛び出して来た。男は通りの左右を見、向こうへと走り出した。

「旦那」新六が、指さした。

その男を追って、お店の主風体《ふうてい》の男が横町から現われ、男を追い掛け始めた。

主風体の男が、

「掏摸です。捕まえてください」と、甲高《かんだか》い声を上げた。

「追え」軍兵衛が叫び、新六の後に続いた。中間の春助が御用箱を鳴らしながら、更に後に続いた。

半町程走ったところで、新六が走る足を鈍《にぶ》らせた。

道の先に、主風体の男が立ち、その先に掏摸がいた。掏摸は背を向けている。

何だ？　どうした？

一瞬軍兵衛は戸惑いを覚えたが、訳は直ぐに分かった。掏摸の行く手を侍《さむらい》が塞《ふさ》いでいたのだ。身形《みなり》からして、軽い家柄ではない。人数は三人。横に並んでいる。掏摸は進退窮《きわ》まり、立ち竦んでいるらしい。

中央の侍の目が、射《い》るように掏摸に注《そそ》がれている。左手の親指の先が鍔《つば》の上に微《かす》かに覗いた。鯉口《こいぐち》を切ったのか。揺らめき立つような殺気が全身を包んでいる。

斬るこたぁねえ。右の腕が、そろり、と柄《つか》に寄った。

止めろ。軍兵衛が大声を上げようと身構えた時、右側にいた侍が軍兵衛らに気付き、中央の侍に声を掛けた。

中央の侍が、目だけを僅《わず》かに上げ、掏摸から軍兵衛に視線を移した。整った顔《がん》貌《ぼう》を裏切る酷薄《こくはく》さがあった。血に飢《う》えた狼《おおかみ》がそこにいるように思えた。侍はふっと息を吐くと、柄頭《つかがしら》を掌でくい、と押した。切られていた鯉口が閉じた。狼から殺気が消えた。

呪縛《じゆばく》を解かれた掏摸が、わっ、と叫んで横に逃げようとして、右側の侍に襟首《えりくび》を摑《つか》まれ、投げ飛ばされた。

腰を強《した》かに打ったのだろう。掏摸は起き上がれないでいる。

「ありがとう存じます」主風体の男が、飛び出した。「この者は、掏摸にございます」

「実《まこと》か」中央の男が掏摸に訊いた。

侍の目からは、先程の殺気が嘘のように消え、穏《おだ》やかな気配が漂い出ている。二十四、五か。大身の旗本家か大名家の家中の者に見えた。

「へい……」

ふてえ野郎だ。自身番に突き出してやれ。見物の衆から声が掛かった。

侍は、声を掛けてきた見物衆を見回すと、

「掏摸は三度までは入墨《いれずみ》だが、四度捕らえられると、死罪と聞く。其の方、何度捕らえられた？　正直に申せ」

「二度で……」

「すると、これが三度目か」

「へい……」

「才なしと見た。足を洗え」

侍は、主風体の男に、許してやってくれ、と言った。

「二度と掏摸はせぬであろう」

「紙入れさえ返してもらえれば」

掏摸が、懐《ふところ》から男の紙入れを出し、地面に頭を擦《す》り付けるようにして詫《わ》びた。

「働け」と言って、侍が懐から金子を取り出し、掏摸に握らせた。「これだけあれば、三日か四日は食べられる。その間に、先のことを考えるのだ」

分かったな。掏摸に言い置くと、侍たちは掏摸と軍兵衛らに背を向け、歩き去った。

「いいものを見せていただきました」中間の春助が、溜息《ためいき》を吐きながら言った。

軍兵衛の心に、通りを塞いだ時の、狼のような眼差しが残った。何者なんだ？

「そうか……」

「あの侍が誰だか知っている者がいねえか、訊いてくれ」新六が、見物衆を集めて、尋ねている。

その間に軍兵衛は掏摸の傍《かたわ》らに行き、足を洗え、と言った。

「てめえの面はしっかり覚えた。次は容赦《ようしゃ》しねえぞ」

逃げるように横町に消えた掏摸と入れ違いに、新六が戻って来た。

「あの侍の名が分かりやした。旗本・八巻日向守《やまきひゅうがのかみ》様の御三男で、鼎之助《ていのすけ》様と仰しゃるそうです」

「八巻ってえと、普請《ふしん》奉行のか」

「さあ」新六が小首を傾げた。

「間違いねえ。俺は並外れて物覚えがいいんだ」

三千二百石の大身旗本である。狼の住処《すみか》には似つかわしくなかった。

第三章　信太小僧松吉《しのだこぞうまつきち》

一

九月十七日。

加曾利孫四郎は、手先の留松らと飯倉片町の御用聞き《ごようき》・半三らを引き連れ、新《しん》堀川《ぼりがわ》に架《か》かる二ノ橋南詰の茶屋で咽喉《のど》を潤《うるお》していた。

「ここらの奴どもは、博打《ばくち》好きばかりなのか」

訊《き》かれたのは、半三だった。留松と福次郎では手が足りないだけでなく、霊岸島浜町が縄張りなので、愛宕下《あたごした》や麻布では顔が利《き》かず、警戒されて話が聞けなかった。そこで、土地《ところ》の半三に助《す》けを頼んだのだ。

「暗くなったら、寝るか、飲むか、打つかって土地柄ですので」

半三が一ノ橋のほうに目を遣《や》った。大工の助五郎の死骸が堀に浮いていたのは、八日前のことになる。

狸穴坂で殺された《七草屋》の主・慶太郎と、助五郎の身辺《しんぺん》を調べたのだが、ふたりの間には何の繋《つな》がりも浮かんでこなかった。ただ、ふたりとも賭場《とば》には足《あし》繁《しげ》く通っていたらしい。出入りしていた賭場を探し出すために、愛宕下から麻布に掛けて、賭場となっている大名家下屋敷や旗本家の中間《ちゆうげん》部屋をひとつひとつ当たっていた。

斬《き》り口の凄《すさ》まじさから見て、慶太郎と助五郎を殺したのは同じ者と思われた。賭場で知り合った相手とのいざこざで殺された、と見当《けんとう》を付けてみたのだ。だが、半三にしても顔の利かない中間部屋が多数あり、どの賭場に出入りしていたかも絞り込めず、日数だけが徒《いたずら》に過ぎていた。

「相済みません。力が足りませんで」

半三が湯飲みを脇に置いて、頭を下げた。手下のふたりが即座に倣《なら》った。

「そんなこたぁねえ。俺だって、女が喜んで飛び付いて来る郭《くるわ》と、顔見て逃げて行く郭がある。何もかも意のままに運ぶなんてことはねえよ」

「恐れ入りやす」

「旦那《だんな》、これからですが、いかがいたしやしょう？」留松が訊いた。

小さく唸《うな》っていた加曾利が、誰かいねえか、と半三に言った。

「多少、調子の悪いのでも構《かま》わねえ。中間部屋に詳しいのが」

「おりやすが、ちいと年寄りで、今はもう賭場には顔出ししてねえんじゃねえか、と思うんですが」

「いくつだ？」

「七十を、ひとつふたつ出た頃かと」

「好物は金か、酒か。女って年じゃねえだろ。名は？」

「捨吉《すてきち》と申します。いえ、本当の名は違うようなのですが、捨吉で通っておりますもので。盗み癖があり、どこの口入屋《くちいれ》からもお払い箱になっている奴で」

「住まいは？」

「この先の麻布六本木町《ろっぽんぎちょう》で。芋洗坂《いもあらいざか》を上り詰める手前を、ちょいと脇に入ったところでくすぶっております」

「訳ねえな。案内してくれ」

芋洗坂は芋問屋があったところで、坂下の稲荷《いなり》で芋の市が立つことでも知られていた。

南と北の日ケ窪町《ひがくぼちょう》を通り、稲荷の前を過ぎ、芋洗坂を上る。

「こちらで」半三がひょいと右に折れる小道に入った。

一列になって小道を進むと、袋小路の手前に、木戸とは名ばかりの長屋の門があった。半三が木戸を潜《くぐ》った。黴《かび》くさいにおいが、微《かす》かに漂《ただよ》っている。

奥から声が聞こえてきた。何やら言い合いをしている。半三が足を速めた。

路地の先に、半《なか》ば崩れかかった長屋が五軒ずつ向かい合わせにあった。土壁は落ち、下地に組み渡された小舞竹《こまいだけ》が覗《のぞ》いている。

「店賃《たなちん》が払えないなら、とっとと出てっとくれ」

「年寄りをいじめるねえ。目が出れば、まとめて払えるんだからよ」

どうやら大家《おおや》と店子《たなこ》の言い争いらしい。

「あの爺《じい》さんが、捨吉でございます」

ええじゃねえか、と加曾利が嬉《うれ》しげに言った。

「捨吉、百まで博打忘れずってか」

半三は頷《うなず》くと、捨吉の名を呼び、手招きをした。

「八丁堀の旦那がお前に御用だ。来い」

大家が捨吉の袖《そで》を摑《つか》み、何をしでかしたのか、と小声で責めている。捨吉は、懸命に首を横に振って、加曾利を見た。

「捕まえに来たんじゃねえ。お前に教えてもらいたいことがあるんだ。手間ぁ掛けさせねえで、早く来い」

捨吉と大家が、揃《そろ》って半三から加曾利に目を移した。

「ことと次第では、褒美《ほうび》をやるぞ」

大家の顔が安堵《あんど》に崩れる横で、捨吉が背を丸め、両の掌《てのひら》を擦《す》り合わせながらひょこひょこと歩み寄って来た。

てめえは、蠅《はえ》か。咽喉まで出掛かった言葉を飲み込み、

「取り込み中のようだが、構わなかったのか」加曾利は、せめてもの嫌味で訊いた。

「そりゃあもう、差配《さはい》さんの寝言を聞いていたようなもんでございますから」

何ですって。癇癪《かんしゃく》を起こしてくれたところで、大家にはご退場を願い、捨吉を人気《ひとけ》のない長屋の外に連れ出した。

「とっつぁんは、博打が好きだそうだな？」加曾利が訊いた。

「まあ、嫌いじゃねえほうですが……」

「何よりだ」加曾利が言った。「この辺りの賭場に詳しいって話だが？」

「年で、遠くへは行けねえもんで」

「賭場で何か揉《も》め事があったとか、聞いたことはねえか。先々月の二十七日頃と、今月の八日頃なんだが」

「旦那が追い掛けてるのは、あの狸穴坂の一件なんですかい？」

「心当たりがあるようだな」

「この辺りは殆《ほとん》ど揉め事が起こらねえ静かなところなんで、心当たりなんて結構なものはねえんですが、殺された脇質屋《わきびち》は時折見た顔だったもんで」

どこで見掛けたのか、訊いた。捨吉が、大名家の下屋敷の名をふたつ挙げた。

「そこに、渡り大工の助五郎も出入りしちゃいなかったか」

「堀に浮いてたって野郎でやすね。申し訳ねえんですが、そっちの野郎は知らねえんで」

「助五郎の行きそうな賭場が分かる顔馴染《なじ》みはいねえのか」

「旦那ぁ」捨吉が小狡《こずる》そうに目を動かした。「あっちもこれまで、あちこちの賭場《はばかり》で小便《しょうべん》を垂れてきやした。顔馴染みも出来ております。あっちを含めて、締めて四人。ひとり一分くだされば、何でも喋《しゃべ》らせやすが、どうです？」

捨吉が嘘《うそ》を吐《つ》かないという保証はどこにもない。半三が質《ただ》した。

「あっちを信じてもらうしか」

「ピンぞろ縛《しば》りで張るようなもんじゃねえか」留松が言った。

「当たればでかいですぜ」

「よし」と加曾利が言った。「お前さんに賭《か》けてみよう。ただし、俺らも行くが、それでいいか」

「旦那もですかい？」

「駄目なのか」

「八丁堀の旦那が一緒だと、口が回らなくなるのもおりますんで」

「分かった。ならば、この留松と半三を行かせようじゃねえか。訊くことはふたりに話しておく。どうだ？」

「仕方ありやせん」

「これから、直《す》ぐに行くか」留松が訊いた。

「まさか」捨吉が顔の前で手を横に振った。「連中、今頃はもう、塒《ねぐら》なんぞにいませんや」

「ならば、明日からか」

捨吉が頷いた。

「ちいと早いが、顔繋ぎに飲もうじゃねえか。近くに酒屋はあるか」

加曾利が、留松たちに、皆も咽喉が渇いただろう、と訊いた。

「賭場と酒屋と犬の糞《ふん》ってね、そこら中に転がっておりやすですよ」

捨吉が案内したのは、芋洗坂の煮売り酒屋だった。

「ここらの酒屋は芋田楽《いもでんがく》ばかりでやすが、よろしいですか」

「俺の面《つら》を見ろ。口が奢《おご》っているように見えるか。とっつぁんと同じよ」

「ご冗談を」言いはしたが、安心したのか、捨吉は勢いよく縄暖簾《なわのれん》を潜った。

「おや、今日は早いじゃねえですかい」店の者が言った。

「御用の筋よ。ちいと奥を借りるぜ」

店の者が加曾利らを見、慌てて目を逸《そ》らした。捨吉が肩を揺すって土間を行き、入れ込みに上がった。

「酒と芋田楽に、煮物を頼むぜ」

里芋を蒸して串に刺し、練り味噌《みそ》を塗って焼いた芋田楽も、甘辛い餡《あんか》掛けにした芋の煮物も、酒によく合った。芋の茹《ゆ》でたのを冷やし、醤油《しょうゆ》で食べる刺身も乙《おつ》なもので、福次郎が二度もお代わりをした。

しこたま飲ませ、足腰の立たなくなった捨吉を、半三の手下ふたりに長屋まで送らせ、朝まで付いているように言った。

酒を飲ませたのは、捨吉が夜のうちに仲間三人と、万が一にも口裏を合わせる隙《すき》を与えないためだった。

「明日一番で三人を集めさせ、訊いてくれ」

賭場で揉め事がなかったか。殺されたふたりは、どこの賭場に足繁く通っていたのか。ふたりがともに通っていた賭場があれば、そこはどこか。これらのことを遺漏《いろう》なく聞き出すよう、留松と半三に申し付けた加曾利は、半三の家に泊まる留松を残して、福次郎を供に、奉行所に立ち寄ってから組屋敷に戻ることにした。

「明日の四ツ半（午前十一時）に半三の家で落ち合おう。頼んだぜ」

二

九月十八日。

加曾利孫四郎は、約束の刻限前に飯倉片町に入った。

半三は、竹や蔓《つる》で編《あ》んだ衣類を入れる葛籠《つづら》を商う葛籠屋を表の稼業《かぎょう》にしており、土地の者の中には葛籠の親分と呼ぶ者もいた。家は、飯倉片町の横町を南に折れた二軒目にあった。

暖簾を潜ると、店の片隅で職人が竹を網代《あじろ》に組んで作った箱に紙を貼り付けていた。刷毛《はけ》で紙を網代に摺《す》り込むように刷《は》いている。

「御免よ」

声を掛けると、中暖簾を分けてかみさんが現われた。加曾利と福次郎を見ると、襷《たすき》を外し、丁寧に頭を下げた。

「相済みません。追っ付け戻ると思うのですが、お待ちいただけますでしょうか」

「こっちが、ちいと早く来たんだ。気にしないでくれ」

加曾利は手土産に求めた老舗《しにせ》の菓子を差し出し、

「これは、かみさんに。親分たちには、これで」と、懐《ふところ》から二分の金子《きんす》を包んだ紙包みを差し出した。「酒と肴《さかな》を見繕《みつくろ》ってやってくれねえか。大したものは入っちゃいねえから、遠慮はなしだぜ」

拝むように受け取ったかみさんに、仕事場奥の座敷に通され、茶を飲んでいると、表が騒がしくなった。半三と留松らが戻って来たのだ。

土産の礼を口にする半三を止め、ことの成り行きを訊いた。留松が透《す》かさず、半三に頷いて見せた。

「申し上げますです。揉め事については、先々月二十七日頃も今月八日頃も、これと言ったものは誰も耳にしておりませんでした。殺された慶太郎と助五郎が出入りしていた賭場は、数か所ずつ。重なったのは、二か所。鳥居坂《とりいざか》近くにございます。信濃国長沼藩《しなののながぬま》・佐久間《さくま》家一万八千石の下屋敷の中間部屋と、ここ飯倉片町の近くにございます、普請奉行で前《さき》の遠国奉行、旗本・八巻日向守様三千二百石の中間部屋でした」

賭場の多くは大名家下屋敷の中間部屋で開かれていたが、大身《たいしん》の旗本家でも古参の中間頭が中心となり、寺銭稼《てらせん》ぎにと賭場が開かれるようになっていた。八巻家も、そのひとつであった。

「そのどちらかの賭場に、浪人者が出入りしているって話は？」

「いるにはいるらしいのですが、腕前のほうはからっきし、と聞きました。話だけですが、慶太郎と助五郎を斬った者とは、結び付きやせんでした」

「とは言え、見えていねえだけで、腕の立つのが佐久間屋敷か八巻屋敷か、それとも別のどこかにいるのかもしれねえぜ」

「もしかすると、そのからっきしの仲間にいるとか」福次郎が言った。

「そうだ。そうやって探せば、必ず行き当たる。後は根気だ」

「旦那」と留松が、一旦口を開いたが、言い切れずに目を伏せた。

「言ってみな」

「八巻様の御三男の方が、えらい腕前の持ち主だ、と聞いたのですが……」

「名は？」

「鼎之助様と仰《おっ》しゃいます」半三が言った。

「そいつは、くせえのか」

「とんでもございません」半三が大仰《おおぎょう》に首を振って見せた。「剣の腕は、確かに評判です。車坂町《くるまざかちょう》の樋流《ひりゅう》鏑木《かぶらぎ》道場でも指折りの御方です。やっとうだけでなく、学問でも昌平黌《しょうへいこう》の逸材《いつざい》と評判の御方なのでございます。くさいだなんて、間違ってもそんなことはございません」

樋流は如斉《じょさい》樋貫貞治郎《ひぬきていじろう》が興《おこ》した流派で、鏑木道場は如斉の高弟《こうてい》・鏑木与平太《よへいた》が江戸で開いた道場である。与平太は既に亡く、道場は与平太の息の与志郎《よしろう》に引き継がれている。荒稽古《あらげいこ》で有名な道場であった。

「鼎之助様が十七、八の頃でした。神明前《しんめいまえ》に巣くっていた無頼《ぶらい》の者どもを、根こそぎ木刀一本で叩《たた》きのめしたことがございました。そりゃあもう、評判のよい御方でございます」

「養子の口は、引く手数多《あまた》。選《よ》り取《ど》り見取《みど》りと噂《うわさ》されております」手下の多吉が口を添えた。

「ですから、妙な真似《まね》なんぞ、するはずがありませんや」半三が言い切った。

半三らが鼎之助を歌舞伎役者のように贔屓《ひいき》にしているのは分かったが、だから妙な振る舞いをしない、という証《あかし》にはならない。だが、土地の御用聞きを使う時は、相手の言を軽々《けいけい》に打ち消してはならない。気持ちよく動かすことが、肝要《かんよう》となる。

「成程《なるほど》な」と加曾利は、引き下がって見せた。「ここはまず、賭場に出入りする奴らを洗うべきだろう。賭場を仕切っている中間頭から噂《うわさ》を集めよう。腐れ縁で繋がっている侍がいねえとも限らねえからな。ふたりがともに出入りしていた二か所から当たってくれ」

中間頭の名を訊いた。

「佐久間様の下屋敷の中間頭は、文次《ぶんじ》。八巻様のは国造《くにぞう》と申します」

「捨吉ら四人ならば、文次と国造のこともよく知っているだろう」

「恐らく」半三が答えた。

「ところで、その四人ってのは、結局誰だった?」

「へい。捨吉の他は、捨吉同様けちな博打打ちの茂兵衛《もへえ》。昼は樽《たる》買いをしているという作州《さくしゅう》の升次《ますじ》、通称作州。それに刻み煙草《たばこ》売りの朝五《あさご》。この四人でした。捨吉と茂兵衛はあっしも見知っていたのですが、他のふたりは、名も、顔も知りませんでした。何年御用に関わって来たのか、面目《めんもく》次第もござんせん」

「世間は広いってことだ。いいか、俺は臨時廻りだ。江戸市中のことは漏れ無く知り尽くし、定廻《じょうまわ》りに捕物を教える立場だ。なのに、この辺りのことはさっぱり分からねえ。だが俺には留松がいて、お前さんのように助《す》けてくれる御用聞きがいる。お前さんがいたからこそ、捨吉から他の連中へと輪が広がったんだ。そういうことだ。誰に訊けば、求めるものに辿《たど》り着けるか。そいつを知っていることが大事なんだ」

「へい」ひとつ、学ばせていただきました。半三が頭を下げた。

「そうかい。では、学んだところで、中間頭の件をお前さんに頼むが、請けてくれるか」

半三に訊いた。

「よろしいんで？」半三が留松にちら、と目を遣《や》った。

「ここらはお前さんのほうが詳しいし、留松には他の用があるんでな」

「承知いたしました。必ず、何か見付け出してご覧に入れます」

「そうと決まれば、のんびりと座っちゃいられねえ。動くぞ」

加曾利は留松と福次郎を伴い、半三の家を後にした。半三らが西へと駆け出して行くのが見えた。


加曾利らは、東の榎坂に向かった。四辻を左に折れ、八町（約八百七十メートル）も北に行けば車坂町である。

「旦那」と福次郎が、加曾利に言った。「何で、俺たちを中間頭の調べから外されたんで？」

「半三に任せたのが不満か」

「そんなもんはござんせんが、面白くねえです」

「留松、お前もか」加曾利が訊いた。

「いいえ」留松が答えた。

「親分っ」福次郎が唇《くちびる》を尖《とが》らせている。

「俺たちは、どこに行こうとしているんだ?」留松が福次郎に訊いた。

「どこって? このまま行けば虎之御門《とらのごもん》か新シ橋《あたらしばし》辺りじゃねえんですか」

「途中に、何がある?」

「愛宕神社ですか」

「その西側は?」留松が尚《なお》も訊いた。福次郎は、空を見上げ、頭の中で江戸図を広げた。

「車坂……町」福次郎の顔に血の気が差した。

「旦那はな、半三親分が褒めちぎっていた三男坊がどんな御方だか、三人で確かめようとなさっているんだよ」

「そうなんで?」留松に訊いてから、加曾利を見た。

「一から話させるんじゃねえ。分かれば、行くぞ」

加曾利がずんずんと歩く速度を上げた。

車坂町の中程にある横町を左に曲がると、程無くして竹刀《しない》を打ち合わせる音が聞こえて来た。

鏑木道場である。通りに面した武者窓の前に、町屋の衆がふたり、稽古《けいこ》を見ていた。留松が身形《みなり》のよいほうの男の傍《かたわ》らに行き、尋ねている。男は道場の中を見回すと、誇らしげな顔をして、あれが誰で、と説明し、加曾利に目礼《もくれい》をして離れて行った。

「三男坊が分かりました」

留松の目の先を見た。竹刀を手に門弟の指導に当たっている若武者がいた。あれが鼎之助です、と留松が言った。稽古着の背と腋《わき》が汗でびっしょり濡《ぬ》れている。手抜きをせずに真剣に教えている証であった。その姿には好ましいものがあった。

「片町の親分が断言なさるのも、分かりやすですね」

「……うむ」

加曾利が生返事をしていると、突然、道場で怒声が飛んだ。

声の主は、鼎之助だった。道場の隅で、話をしていた門弟に向けて発せられたものであった。

「何を笑いながら話していた。道場で歯を見せるとは何事か。武士とは常に命懸けで生きねばならぬもの。稽古をする気がないのなら、出て行け。真剣に稽古をしている者に迷惑だ」

怒鳴《どな》られたふたりが、床に手を突いた。道場の中が、水を打ったように静まり返っている。

「よいか。武士と生まれたからには、必ず一度は、剣を振るう時が来る。それが、いつのことで、御家のためか、己のためか、友垣《ともがき》のためかは分からんが、その時後《おく》れを取らぬためにも、腕に磨《みが》きを掛けておかねばならぬ。それには、ひたすら稽古を重ねるしか道はないのだ」皆にも言っておくぞ。鼎之助が、ぐるりを見渡しながら続けた。「日に一度は、竹刀ではなく、剣を振り、剣の重さに慣れろ。剣は、正直だ。慣れた者にしか応《こた》えんぞ」

門弟らの張り詰めた声が返った。

「分かったら、稽古を始めろ」

組太刀《くみだち》の音と気合が道場に溢《あふ》れた。

ふっ、と息を吐いて武者窓から離れると、加曾利はひとり残って稽古を見ている町屋の者に訊いた。

「いつも、ああなのかい？」

「あの方は師範代とも言うべき御方でしてね。他人《ひと》にも厳しいけれど、ご自身にはもっと厳しいという、当節稀《とうせつまれ》な御方でございますよ」

「贔屓かい？」

「この町の者は、誰でもそうでございますよ」

「らしいな。俺も、加えさせてもらうぜ」

町屋の者はにっこりと笑うと、長居をしてしまいました、と言って武者窓に背を向けた。

「どうです、旦那」男が遠退《とおの》くのを待って、留松が訊いた。

「まず人を斬るような真似はしねえ、とは思うが、一応念のためだ。神明前の一件を訊いておこうじゃねえか」

「これから神明前に？」

「行ってみよう。生姜市《しょうがいち》もやってるしな。その前に昼飯だ」

芝神明の境内では、毎年九月の十一日から二十一日まで生姜市が立ち、土生姜や千木筥《ちぎばこ》が売られた。千木筥は檜《ひのき》の曲げ物で、千木を千着に掛け、着物が増える縁起物《えんぎもの》と喜ばれた。

加曾利らは、愛宕下広小路に出ると桜川沿いに、青松寺《せいしょうじ》の前から御成門《おなりもん》の前を通り、神明前に出た。神明町の自身番は、町の北側の木戸際《ぎわ》にあった。

突然現われた臨時廻りを見て、自身番に詰めていた大家《おおや》らが、低頭した。

「何が起きたって訳じゃねえんだ。ちいと休ませてくれりゃいい。茶を振る舞ってくれねえか」

お安い御用でございます。大家らが、急須《きゅうす》の茶葉を入れ替え、加曾利らに茶を淹《い》れた。

「ありがとよ」

茶を飲みながら、噂《うわさ》で聞いたんだが、と鼎之助のことを切り出した。

「今の普請奉行・八巻様の御三男が、ここらで暴れたそうだな」詳しいことは知らねえが、五年くらい前の話だ、と言い添えた。

「ございました、ございました」と似《に》せ紫《むらさき》の羽織を着た大家が、柿渋《かきしぶ》色の羽織の者に同意を求めた。似せ紫は暗い赤紫色で、紫根《しこん》で染めた本紫ではなく、蘇芳《すおう》か茜《あかね》で染めたものである。

「相手は、ここらの無頼の者どもだったたって話だが」

「門前町で水茶屋を束ねていた者の手下どもでございます。確かに素行《そこう》などはよろしくありませんでしたが、土地の者に仇《あだ》するようなことはございませんでした」

「水茶屋を束ねている者の名は？」

「《四方屋《よもや》》の喜久蔵《きくぞう》と申します」

「よもや、嘘じゃあるめえな」加曾利が睨《にら》んで見せた。

「滅相《めっそう》もございません。何で手前が、そのような」似せ紫が激しく声を震わせた。

「洒落《しゃれ》だ。冗談だ。ありがとよ。これから、喜久蔵を訪ねてみるわ」

「驚きましたです」

「それよりも羽織だが、粋《いき》な色目だな」加曾利が和《やわ》らいだ顔で言った。

「はい。手前の道楽でして、他にも……」

聞いている暇はなかった。茶の礼を言い、自身番を出、門前町の《四方屋》に向かった。

探すまでもなく、芝神明の門前に《四方屋》はあった。

喜久蔵は茶店の奥の座敷にいた。

「古い話で何だが、八巻の倅《せがれ》にひでえ目に遭《あ》わされたそうだな」加曾利は、喜久蔵の口を滑らかにさせるために、肩を持つような言い方をした。

「左様でございますが、何で今頃お尋ねに？」喜久蔵が裏を探るような目付きをした。

「八巻の倅がどんな奴なのか知りたいだけだ。恨みつらみでもいい。思ったことを聞かせてくれ」

「へい……」

喜久蔵は部屋の隅で控えていた男に、時次《ときじ》を呼べ、と言い、加曾利に向き直り、

「忘れるもんじゃございません」と言った。「虫の居所が悪かったのか、散々《さんざん》飲み食いをし、茶汲《く》み女と遊んだ挙《あ》げ句《く》、気に入らないからと金を払わずに帰ろうとなさいまして……」

ですが、それでは商売が立ち行きません。お代を、と申し上げましたところ、突然暴れ出したのでございます。

「相手はその頃遠国奉行をなさっていた方の御三男様で、やたら評判のよい御方。手前どもには、口答えなんぞ出来るような相手ではございませんでした。はっきりと申し上げますが、あれは踏み倒そうと仕掛けてきたんですよ。あの御三男は、嚙《か》み付き犬でございます」

「失礼いたします」

若い衆が喜久蔵に耳打ちをした。喜久蔵が表に目を遣り、上がれ、と言った。

「時次と申しまして、嚙み付き犬に木刀で足の骨を砕かれた者にございます」

時次は右足を伸ばしたまま座敷の端に座ると、鼎之助が暴れた時のことを話し始めた。

「あっしは、この稼業《かぎよう》です。足が多少動かなくても何とかなりますが、可哀相《かわいそう》なのは、相方をした粂《くめ》という娘でございました。腰骨を折られまして、今でもあっし以上に足を引き摺っております」

「そうだったのかい。俺たちは市中の出来事を聞いて回るのが仕事なのに、今の今まで知らなかった。済まねえ」

加曾利が、畳に手を突き、時次に詫《わ》びた。時次が慌てて、手を上げるようにと言った。留松らにしても、加曾利の詫びる姿は、初めて見るものであった。

「届けは、出してないんだな」

「はい」喜久蔵が答えた。「長いものには巻かれる生き方が染《し》み付いておりますもので」

「気の毒したな。今更《いまさら》遅いが、今度何かあったら、直ぐに北町に人を走らせるんだぜ。埋め合わせにもならねえが、力になれるかもしれねえからな」

「あの嚙み付き犬が、何かしでかしたので？」

「それは、まだ分からねえ。が、何やら、におい出してきたような気もしている」

「粂のためにも、仇《かたき》を討《う》っておくんなさい」時次が身体《からだ》を捩《ね》じるようにして手を合わせた。

「粂は、今どうしている？」

「賄《まかな》いのほうを任せております」喜久蔵が言った。

「それはよかった。ありがとよ。稼げない女は放り出すという世知辛《せちがら》い世の中で、お前さんは救いだぜ」

「旦那ぁ、いくら何でも褒め過ぎです。手前は、ただの水茶屋の主《あるじ》に過ぎません」

「そう言えるお前さんが気に入ったぜ」

加曾利は《四方屋》を辞すと、留松らとともに奉行所に戻った。

例繰方の宮脇信左衛門に、八巻鼎之助が他にどこかで騒動を起こしていないか、探してくれるよう頼んでいると、軍兵衛が通り掛かった。これから二か所の見張り所に晩飯を届けるらしい。

「動きは？」

「何もねえ。静かなもんだ。面白くもねえ。そっちは？」

八巻鼎之助のことを話そうか、とも思ったが、まだほとんど何も分かっちゃいない。足止めさせるのも気が引けた。

「似たようなもんだ」

と答えているうちに、軍兵衛は軽く手を上げると、行ってしまった。

万一にも鼎之助が事件に絡んでいるとしても、相手は普請奉行の倅である。町方がどうこう出来る相手ではない。

「厄介《やっかい》なことだ……」

うむ、と唸って廊下を歩いて行くと、定廻りの詰所の中で仙十郎が日誌を書いているのが見えた。思わず、

「死神の旦那」

悪態《あくたい》が口を衝《つ》いて出た。仙十郎が嫌な顔をした。多分、俺以外の者にも言われているに違いない。気の毒な気もしたが、仙十郎をからかうしか、憂《う》さの晴らしどころがなかった。

「いいか。これ以上あちこちで死骸《しがい》を見付けてくるんじゃねえぞ」

すっきりするか、と思ったが、遣り切れなさが残っただけだった。

こんな時に、軍兵衛ならどうするのか、と思い、そうか、と合点《がてん》した。あいつは俺程繊細《せんさい》に出来ていないから、喚《わめ》くか何かすれば、気が晴れるのだろう。羨《うらや》ましいぜ。加曾利は、首を思い切り左右に倒した。首の筋がこきこきと鳴った。

三

九月十九日。昼四ツ（午前十時）――。

鷲津軍兵衛の息・周一郎は、三日に一度の非番の日を利用して、通り名に周の一字を与えてくれた妹尾周次郎《せのおしゆうじろう》の屋敷に挨拶《あいさつ》に赴《おもむ》いた。虎之御門の前を過ぎて、葵坂をゆっくりと上がっていく。

妹尾家の家禄《かろく》は二百六十石。腰物《こしもの》奉行配下の腰物方を拝命《はいめい》していた。腰物方は、将軍の佩刀《はいとう》など刀剣の管理をする御役目である。

軍兵衛と周次郎とは、前髪を垂《た》らしていた頃からの友垣で、剣友でもある。周一郎は、元服《げんぷく》に際し、周次郎の名の一字をもらったのである。

この日の十日前、九月九日は、重陽《ちようよう》の節句《せつく》であった。陽の最大の数である九が重なるめでたい日として、古来菊見の宴《うたげ》などが催《もよお》された。町屋の者も、武家も、日頃お世話になっている師匠筋に挨拶に伺《うかが》うのを習いとした。

周一郎も、九日は道場に顔を出し、挨拶をしてきた。妹尾屋敷にも、本来なら九日に伺わねばならないのだが、重陽の御祝儀《ごしゅうぎ》で妹尾が登城しなければならないので遠慮し、伺いたい旨《むね》の書状に、非番の日はこれこれと書き添え、届けておいたのだ。妹尾は刀の整理に追われて手が離せず、やっと今日なら、という返事が一昨日来た。

母の栄が用意した土産は、鎧《よろい》の渡し近くに店舗を構える京御菓子所《大橋屋《おおはしや》》の落雁《らくがん》であった。年番方《ねんばんかた》与力・島村恭介の奥様の好物だと、宿下がりで鶯津の家に戻って来た蕗から聞いて、ならば妹尾様へも、と購《あがな》ってきたのである。

周一郎は、菓子折を自ら手にし、歩いていた。供はいない。外出の折には、中間か小者を供につけるものだが、それらの者は、盗賊探索の手掛かりを摑《つか》んだとかで、見張り所に籠《こ》もっていた。自分は私事で出掛けるのだ。御用に身体を張っている者を使うことなど出来ない。独りで行くことに、周一郎は何のためらいもなかった。

溜池を右手に見ながら、妹尾周次郎の屋敷へと向かった。

鮫ケ橋坂を下って西に折れ、元鮫河橋表町を行くと、龍谷寺通《りゅうこくじどお》りに入る曲がり角がある。その手前にある石積みの塀の屋敷が、妹尾屋敷だった。

門前に立って、案内を乞《こ》うと、顔見知りの家人《けにん》が出て来た。

「おいでの時分と思い、お待ちしておりました」

周一郎は一礼して式台に上がり、刀を預けた。袱紗《ふくさ》で受けた家人が先に立ち、奥へと廊下を渡る。奥の居間から話し声が聞こえてきた。先客があるらしい。

家人が廊下に膝を突き、周一郎の着到を告げた。家人が身を引く素振《そぶ》りをするのに合わせ、廊下で一旦《いったん》挨拶を述《の》べ、座敷へ入った。先客が目礼をしたのに合わせ、周一郎も目礼を返した。先客は、公儀の御試御用《おためしごよう》を務める山田浅右衛門《やまだあさえもん》であった。周一郎。ふたりの膝許には脇差《わきざし》が二振《ふた》り。今まで剣の話をしていたものと思われた。

妹尾が、手で向かいに座るように示しながら、御用繁多《はんた》であったことを詫びた。家人が、周一郎の背後に刀をそっと置いている。

周一郎の挨拶に頷いていた妹尾は、

「鷲津の倅です」と浅右衛門に言った。「軍兵衛の年になったら、確実に父親を超えているだろう、と楽しみにしているのです」

面映《おもは》ゆい言葉だった。何とか否定しようとしていると、

「こちらはな」と妹尾が、浅右衛門に引き合わせた。

「以前、お見掛けしたことがございます」

「そうか」

見習として牢屋見廻り同心に付いていた時に、遠くから見ていた。

「斬首《ざんしゅ》は？」

「はい。刑場の隅のほうからですが、拝見しました」

「どう思いました？」浅右衛門が訊いた。

「感服いたしました。はっと気付いた時には首が落ちておりました」

「見たのは、いつ頃かな？」妹尾だった。

「去年の春の頃でした。主を殺した醤油問屋の手代でございました」

「覚えています」浅右衛門が頷いた。

「私はおりませんでしたかな」妹尾が言った。

「確か、御用がおありとかで、別の方がおいでになっていました」

そうであったかな。軽く首を捻った妹尾が、

「お試し刀に使われたのは？」と訊いた。

「無銘でしたが、古備前助秀《こびぜんすけひで》と思われます」

ほぉっ、と妹尾が身を乗り出した。周一郎は妹尾と浅右衛門に、交互に目を遣った。

「斬れ味に、すさまじいものがございました。肉が斬れ、骨を断ってゆくのが見え、その一瞬後に、血が盛り上がり噴き出すまで、はっきりとこの目に見えたのです。寒気すら感じました」

「聞いているこちらも、寒気がしました。業物《わざもの》ですな」

腕を摩《さす》って見せた妹尾が、一度お訊きしたかったのですが、と浅右衛門に言った。

「首の皮一枚残して斬るのには、何か秘訣《ひけつ》があるのですか」

斬首は首を斬り落とすが、切腹の介錯《かいしやく》の場合は、斬首とは違うことを明らかな形にするために、首の皮一枚残して斬ることになっている。だが、そうは注文通りに斬れるものではない。

「呼吸としか言いようがありませんな。それを身に付けるためには、習練あるのみです」

「でしょうな」

「と前置きしたところで、申し上げますが、実は、こつがあるのです」

「それは？」

妹尾の声に合わせて、周一郎も思わず聞き耳を立てた。

「簡単なことです。首の皮一枚残すのだ、と思って斬れば、私の場合、大概《たいがい》残ります。思い込むことでしょう」

「成程」

妹尾が膝を叩いて周一郎を見、元服したとは言えまだ幼さの残る周一郎に聞かせる話ではなかったと改めて思ったのか、無粋《ぶすい》であったな、と詫びた。

「いいえ。初めてのお話なので、興深く伺いました」

「そうですか」浅右衛門が、僅《わず》かに頭を前に傾けた。

「この答え方が周一郎なのですよ。出来が良過ぎる。そなたの父なら、飯の前だ、斬り口から手妻《てづま》遣いのように花でも出せ、と言うところだ」

ははっ、と浅右衛門が声に出して笑った。首斬りと言われ、難しげに口を固く結んだところしか見たことがなかった周一郎には、新鮮な表情であった。

「飯と言えば、山田殿もご一緒にいかがですか」

周一郎とは昼餉《ひるげ》をともにするのです。ひとり増えても造作《ぞうさ》のないこと。請けて

ください ませんか。

「それでは、お言葉に甘えさせていただきますか」

実は、と言って浅右衛門が妹尾と周一郎を見た。笑い声を上げたのは、久し振りなもので、愉快なのです。

妹尾が手を叩き、家人を呼んだ。

昼八ツ（午後二時）。

周一郎は、長居を詫び、辞することにした。浅右衛門も辞すと申し出たのだが、時を同じくして帰られると、俄《にわか》に淋《さび》しくなるからと妹尾に引き留められ、浅右衛門は暫《しばら》く残ることになった。

「供の者に知らせよう」

家人に命じようとした妹尾を止め、周一郎は独りで来たことを告げた。

「それはいかぬな。源三《げんぞう》を呼べ」

はっ。家人が廊下を足早に去った。

「帰りに立ち寄るところもございますので、本当に心配なさいませぬように」

「そう言うな。独りで帰したとあっては、こちらの立場がない。供と言っても、酒と博打にいささかだらしがないが、軍兵衛に気に入られ、何度か御用の手伝いもしている者だ」

庭先に中間が現われ、膝を突いた。年の頃は六十半ば。日焼けした肌に皺《しわ》が深い。髭《ひげ》は剃《そ》り上げられていたが、ところどころ剃り残しがあり、銀色に光っている。

「鷲津軍兵衛が息《そく》・周一郎殿だ。組屋敷の近くまで供をせい」

中間は源三と名乗った後、眩《まぶ》しいものを見るように目を細めた。

「ところで周一郎、何やら所用があると申していたが、その、何だ、立ち入ったことを訊くが」妹尾が、声を低くして訊いた。「女子《おなご》か」

「まさか。患者でございます」周一郎の頰《ほお》に朱が差した。

「診立《みた》てるのか」

「とんでもないことです。もう二月も養生所に顔を見せぬので、来るように説得しようと思っただけです」

「そのようなことまで、養生所見廻りはするものなのか」

「必ず、という訳ではありませんが」

「与力に命じられたことではないのだな？」

「はい……」

「ほお」浅右衛門が感嘆《かんたん》の声を上げた。

「そのような話は聞いたことがないぞ」

妹尾は感心するより呆《あき》れたらしく、患者の住まいはどこか、尋ねた。

「鮫河橋谷町ですが」

ならば尚更だ、と妹尾は鬼の首を取ったように言った。

「源三がいたほうがよい。あの辺りは人気《じんき》がよくない」

周一郎は玄関まで見送られ、妹尾家を辞した。既に昼八ツ（午後二時）を四半刻（三十分）程過ぎている。途中寄り道をしても、七ツ半（午後五時）には組屋敷に着くだろう。だが、それから源三を帰したのでは、夜道を歩くことになってしまう。どこで供を断ろうか、と考えながら周一郎は歩を進めた。

元鮫河橋の表町を通り、鉄砲坂《てっぽうざか》を右に、南寺町《みなみてらまち》の通りを左に見ながら鮫河橋の表町から谷町を行くと、西念寺《さいねんじ》の土塀の向かいに、今にも崩れそうな町屋が建ち並んでいた。どこかから毟《むし》り取ってきた木戸を打ち付けたような塀《へい》の家もあった。

これでは見当が付かぬな……。

見回すと、老婆がいた。その傍らに、娘なのだろうか、四十を過ぎた、髪が藪《やぶ》のように絡《から》まっている女がいた。訊いてみた。

「作太郎《さくたろう》という男のいる裏店を探しています。年は、六十七になるのですが」

女が二軒先の窪《くぼ》みを指し、曲がれ、というように指先を左に折った。

「ありがとう」

窪みは長屋の木戸口であった。

潜り、路地を行ってみたが、借店《かりだな》には人気《ひとけ》がない。木戸口に戻り、大家らしい家の裏戸を叩いた。よくよく見ると、以前は何か商いをしていたような構えをしている。

ことり、と家の中で音がし、板戸が開き、色の浅黒い老爺《ろうや》が顔を覗かせた。

「奥の長屋のことを訊きたいのですが、大家殿ですか」

「はい……」老爺が答えた。

「作太郎という人の住まいは、こちらですか」

「左様《さよう》でございますが、どちら様で？」

と、養生所の者だ、と周一郎は名乗った。それで合点がいったのか、大家は頷く

「亡くなりましてございます」と言い、借店を見るか、と訊いた。

借店は路地を抜けた二軒目であった。

ところどころ紙の破れた腰高障子《こしだかしょうじ》を開けると、饐《す》えたようなにおいが鼻を衝《つ》いた。土間に踏み込むと、板敷に筵《むしろ》が敷かれているだけで、何もなかった。

「不思議でございましょ？」と大家が言った。「当人はあの世に行っちまってるのに、においだけは残っているんでございますよ」

「墓は？」

「放っちゃおけませんので、近くに」

「使い立てして済みませんが、これで」と見舞いに用意してきた包みを、大家に手渡した。「墓に線香と花を手向《たむ》けてくれませんか」

「これは、これは、ありがたいことで」

大家が相好《そうごう》を崩し、拝むようにして押しいただいた。造作を掛けますが、と周一郎が大家に頼んでいる後ろで、源三は眉《まゆ》の端を指先で搔《か》いていた。

周一郎は長屋を出、西念寺の土塀伝いに歩き始めた。

やれやれ、と源三は周一郎の背を見詰め、黙って後に従った。

周一郎が次に足を止めたのは、そこから十間（約十八メートル）ばかり歩いたところだった。

三つくらいだろうか。幼い女の子が、地べたに足を投げ出し、ぺたりと座っていた。着物は泥だらけで、頰《ほお》には涙の跡が縞《しま》になっている。周一郎は屈《かが》むようにして近寄ると、

「どうしたのかな？」と声を掛けた。

「おうち……」

「おうちに、帰りたいのかな？」

女の子が、こっくりした。

「おうちは、どこかな？」

女の子が、首を横に振った。

「分からないのかな？」

再び、こっくりした。

「名前は、言えるね？」

「きく」

「お菊ちゃんか。可愛《かわい》い名前だね」

菊が、小さな味噌《みそ》っ歯《ぱ》を見せた。

周一郎は腰を伸ばすと、辺りを見回し、弱ったな、と呟《つぶや》いてから、自身番は、と源三に訊いた。

「ここ谷町の外れに、あることはありますが」

「連れて行きましょう」

「と仰《おっ》しゃっても、谷町は広うございますが」

「しかし、このままと言う訳にもいかないでしょう」

ふたりは菊を見下ろした。投げ出された足も、手も、顔も、汚れている。

「放っておいても、親が見付けますでございますよ。参りましょう」

「それは出来ません」

何かあったら、悔やむことになります。悔やまぬ方法を選ぶべきです。

周一郎が、源三の目に、ふいに大きく見えた。

「でしたら、先程の大家に訊くってのは、いかがでございましょう？　この辺りの子供なら分かるのではございませんか」

周一郎の顔が、輝いた。

「その通りですね。流石《さすが》、年長の方は咄嗟《とっさ》に良い知恵をお出しになる」

「そんな大層なもんじゃございやせんが」

源三の胸の奥に、ほんのりとした灯《ひ》が灯《とも》り、ちょいといい気持ちになった。菊の手を引いて立ち上がらせている周一郎に言った。

「手慣れておいでございますね」

「そうですか……」

この子より少し大きな鷹《たか》のことを話そうか、と思ったが、妹というには年が離れ過ぎている。養女であることは秘密ではないが、殊更《ことさら》に話すことでもない。口を閉じた。

大家の家まで戻り、先程の裏戸を叩いた。

暫く待ったが、中に人のいる気配はない。

「花を手向けにでも行かれたのでしょうか」

お宝をいただいたんです。酒でも食らいに行ったのでは、と源三が、腹の中で返事をしていると、菊を拾《ひろ》った辺りをしきりに見回している男が、周一郎と菊を見て、あっ、と叫んで走り去った。

「何だったんだ。あの野郎」源三が、身構えるようにして言った。

「行ってみましょう」

「へい……」

男は、半町程先の家の戸口に立ち、中の者に声を掛けている。中から誰か出て来るのか、男が身を引いた。飛び出して来た男と女が、周一郎と菊を見て、裾《すそ》を乱した。と同時に、向かいの路地からも男が現われ、周一郎らを指さし、駆け出して来た。

その男の後ろに、年の頃は十二、三のはしっこそうな子供がいた。立ち止まったまま、凝《じ》っと周一郎を見据えている。

以前は、身体《なり》が小さいところから、豆松《まめまつ》と呼ばれていた松吉《まつきち》である。まだ年端《としは》は行かないが、一端《いっぱし》の盗賊の一味だった。二つ名を信太小僧《しのだこぞう》と言う。

母は亡く、酒びたりの父とのふたり暮らしに嫌気が差していたところに、何くれとなく声を掛けてくれていた者が盗賊《闇鴉《やみがらす》》だったと知り、俺も太く短く生きてやる、と思い定め、長屋を飛び出し、江戸を捨てたのは一年半程前のことだった。

双吉《そうきち》と初《はつ》が、菊を抱き締めている姿が、松吉の目に映った。

「ありがとうございました」初の声が聞こえてきた。

周一郎に目をくれた。間違いねえ。あん時の三一《さんぴん》だ。松吉は、唇を強く噛《か》み締めた。

「見付かったようだな」

声のほうを見ると、徳八だった。斜め向かいの戸口から、顔を半分覗かせるようにして、松吉に訊いた。

「へい」

「誰かが見付けてくれたのか」

「そのようです」

どれ、と言って徳八が身体を戸口から出したところに、周一郎と源三が、菊らに見送られ、こちらに向かって歩いて来た。周一郎と目が合った。

身の隠し所をなくし、徳八は手を膝に当て、頭を下げた。

二親《ふたおや》が飛び出して来た家である。恐らく、菊の親御の存じ寄りの者なのだろう。周一郎も礼を返した。男の右の首筋に、妙に目立つ傷があるのが分かった。刀傷のようだったが、気付かぬ振りをした。男のいた家の腰高障子に『障子張り替えます　双吉』と書かれているのが見えた。

周一郎と源三が遠退くのを見定め、徳八は店に入った。

土間に続く、昔は帳場のあったところに腰を下ろしている男が、まずはよかったな、と言った。小さなお店の主を思わせる、人目を引かぬ地味な身形をしていた。野伏間の治助であった。面《めん》が割れていないことをよいことに、江戸の風に吹かれようと、早めに江戸に入っていた。軍兵衛らが必死になって探している盗賊の頭である。

「仕事の前だ。知らねえ奴には、顔を見せねえようにしねえとな」

「まだ元服したての青二才でしたんで」

「蛇《じゃ》は寸《すん》にして人を吞《の》む。気を付けることだ」

「へい」

徳八が台所へと消えたのと入れ違いに土間に出て来た女が、心配いりませんよ、と治助に言った。まだ、ほんの子供でしたよ。

「見てたのか」

「横っちょから、ちょいとですが」首を竦《すく》めると、松吉は、と治助に訊いた。

「表だろうぜ」

「何してんだろうね」徳八が開けたままにしていた戸口から外を見た。通りの端に立ち、西念寺の土塀の尽きる辺りを見ている。若侍と中間の後ろ姿が小さく見えた。松吉の顔がいつになく険《けわ》しいのが、少し気になった。

「お澄《すみ》」治助が呼んだ。

「はい」

澄は、三十二。治助の一味に加わって七年、治助の女房と目《もく》され、姐《あね》さんと呼ばれて四年になる。

「松を呼んでくれ」

澄が戸口を音立てて開け、松吉を手招きした。

「旦那がお呼びだよ」

どこで誰が聞いているか分からない。治助は旦那、徳八は番頭、若い者は名で呼び合うことが決まりとなっていた。

「何か御用で？」

松吉が、商家の者のように、少し前屈みになって訊いた。

「今度の仕事が終われば、江戸とは当分おさらばだ。その前に、行って来い」

「…………」

ためらった後、捨てた親ですから、と松吉は小声で答えた。

「俺とお澄は、おめえの親のつもりでいる。その親が許すんだ。遠慮はするな。俺たちにしても、おめえを産んで育てた親だ、今がどうだか知りてえじゃねえか」

「どんな親でも、親は親だよ。あたしも親を捨てた口だけれど、死なれてみると、会っときゃよかったなって思ったもんだよ」澄が松吉の背に手を当てた。

「分かったら、旦那にお礼を言いな」

松吉が唇を固く結んだまま、頭を下げた。

「お澄、てめえも一緒に行ってやんな」

「独りでなんて、行かすもんかね。そのつもりだよ」

澄は母親のような顔をして、松吉の肩に腕を回した。

四

九月二十日。六ツ半（午前七時）。

鮫河橋谷町では、治助らが朝餉を終えようとしていた。

白い飯に、香《こう》の物と切り昆布《こんぶ》の佃煮《つくだに》に味噌汁。治助以下、すべての者がコの字に配された脚付き膳の前に座り、同じものをともに食う。それが、治助の遣り方であった。

賄いをするのは、菊の二親、双吉と初で、ふたりは治助の谷町の隠れ家を守る番人であり、市中の見回り役であった。双吉は障子の張り替え屋を表稼業としていた。

食べ終え、手を合わせた治助が、隣にいる澄に、

「おめえらが出掛けている間に、俺はあっちに移ってるぜ」と言った。

あっちとは、浅草の隠れ家のことで、浅草今戸町《いまどちょう》の外れにある野原に囲まれた一軒家であった。今戸焼を焼く窯《かま》からの煙が遠くに見えるくらいで、近くには何もない。治助気に入りの隠れ家だった。

治助は、ここ谷町と浅草、そして軍兵衛らが見張りを続けている市ケ谷田町の《はおり屋》の三か所を江戸での隠れ家と定めていた。

押し込みの場所に合わせ、最後に集まる隠れ家を決め、それまでは三か所に分散して待機するのである。

治助が浅草の前に谷町に寄り、待ちの半分の時を過ごしたのは、近くにいて手下の不満の根を断ち、離反《りはん》を防ぐという目的もあったが、この谷町の崩れ具合が好きなこともあった。手下の皆がそうであるように、治助も貧しさの底を這《は》うようにして育ったのである。

「でしたら、帰りは」と澄が訊いた。

「おう、向こうに来い」

「荷物、まとめるから、済まないけど、あたしのも持ってってとくれ」手下のひとりに言った。

「へい」手下が答えた。

「松吉、お前もまとめるんだよ」

「何もありませんから」双吉らとともに末席にいた松吉が言った。

「えらいね。そうでなくちゃいけないんだけどね」

治助が手下ひとりを供に、谷町の隠れ家を出た。それを徳八らと店の中から見送り、間を空け、澄も松吉を連れて谷町を後にした。

昼四ツ（午前十時）過ぎ。

「咽喉《のど》、渇かないかい？」澄が松吉に言った。

鮫河橋谷町の隠れ家を発《た》ってから四ツ谷御門、市ケ谷御門と濠《ほり》に沿って歩いてきたが、水気は何も取っていない。

「茶屋にでも寄りますか」

「そうだねえ」澄が婀娜《あだ》っぽく目で笑った。「どうせなら、ちょいと様子を見てやろうか」

「いいんですか」

「めし屋に寄るだけだよ。いいも悪いもないさ。だから、何かお食べ」

「腹ぁ減っちゃいませんが」

「可愛《かわい》くないね。その年なら、まんまの後にまんまが食えるもんだよ」

「分かりました」

「なら、寄ろうかね」

澄はへっつい横町に折れると、ふたつ目の角を曲がり、《はおり屋》の前で一度立ち止まって、辺りを見てから暖簾を潜った。

「親分」と新六が、下駄屋《駒形屋》の二階に設けた見張り所の窓障子の陰から、《はおり屋》の入り口を見下ろしながら言った。「客ですぜ」

「どんなのだ？」

「女と子供です」

「親子か」

「違うようです。女は眉も剃《そ》ってませんし、鉄漿《かね》も付けておりやせんから、まだ独り身のようです」

「子供連れだからな」千吉は立ち上がろうともせずに言った。「まあ関係ないだろうが、何が繋がっているか分からねえからな。一応、面だけ拝んでおけ」

「それが……」

「何だ？」

「ちょいと似ていたんでやすよ。あの女」

「てめえにしちゃ粋なことを言うじゃねえか。誰だ？」

「いいですか」

「さっさと言わねえかい」

「福次郎がぞっこんだったお紋です」

福次郎とは、霊岸島浜町の留松の手下の福次郎で、紋は雨燕の異名をとった女賊だった。

紋の最期が目蓋《まぶた》に甦《よみがえ》った。尻を床に付け、血溜《ちだま》りの中にぺたりと座り込んでいた。身体の七か所に短刀を刺されていたのだ。まだ忘れられないでいる。

「てめえ、目ん玉しっかり開けてたんだろうな」

「勿論《もちろん》でさあ」

「よし、出て来たら教えろ」

やがて、新六が畳を指先で叩いた。

即座に新六と入れ替わり、《はおり屋》を見下ろした。三十を過ぎた頃合の女が、十二、三の小僧っ子と出て来たところだった。

女は、両の親指を帯に挟み込むと、浮かべていた笑顔を無造作に投げ捨て、歩き出してしまった。

「どうです？」新六が訊いた。

歩き方に、堅気《かたぎ》にはない崩れたにおいが染み込んでいる。似ていると思えたのは、それくらいで、見目《みめ》はこれと言って似てはいなかった。

「そうでやすか……」新六が、少し肩を落とした。

「お紋の名は、福次郎は勿論、旦那の前で出すんじゃねえぞ」

「心得ておりやす」

「お紋を死なせたのは俺のせいだ、と随分と苦しまれたんだからな」

「へい……」

「馬鹿野郎が、思い出させるんじゃねえ」

「相済みません」

新六が、再び場所を替わり、窓障子の際に座った。交替で軍兵衛の供をしている佐平のことが、新六には羨ましく思えた。

何で俺の時に、あんな女が来やがるんでぇ。


澄と松吉は、昌平橋《しょうへいばし》で神田川を渡ると、裏の通りを縫うようにして神田堀を越し、牢屋敷を掠《かす》め、堀留町入堀沿いに元大坂町《もとおおさかちょう》へと入った。

松吉が江戸を売るまで父親と住んでいた長屋は、元大坂町にあった。

着ているものを一枚、一枚切り売りするような貧乏人ばかりが住んでいたので、いつとはなしに《筍《たけのこ》長屋》と呼ばれるようになり、それが通り名となっていた。誰もが煤《すす》け、薄汚れていた。

松吉が先に立ち、路地を抜け、奥へと入った。足を止めた借店の腰高障子には、《大工　矢太《やた》》の文字はなく、《こうやく　伊之助《いのすけ》》となっていた。膏薬《こうやく》売りの住まいになっているらしい。

「ここだよね？」澄が言った。

「間違いないです」

「大家に訊いてみようかね」

澄が木戸門脇の大家の家の裏戸を開け、半身を差し入れた。大家は、木戸門脇で青物を商っていた。

「何です？」

忘れもしない、大家の杢兵衛《もくべえ》だった。杢兵衛が澄の後ろにいた松吉に気が付いた。

「おや。お前は豆松じゃないか。どこ行ってたんだい？」

澄を見て、お前さんは、と訊いた。

「おまんまを食わせている者だよ」

杢兵衛が、無遠慮に澄を眺め回した。

「何だい、その目は。飢《う》え死にさせておけばよかったのかい？」

澄の伝法《でんぽう》な物言いに驚き、杢兵衛は慌てて手を振った。

「いいえ、そんな」

「どこをどう彷徨《さまよ》って来たのか知らないけどね。小田原《おだわら》近くで倒れていたのを、湯治《とうじ》帰りに見付けて介抱《かいほう》し、それからはともに旅をして来たんだよ。礼なんぞ言われたくてしたことじゃないけど、そんな目で見られたんじゃ面白くないね」

「そんなつもりではありません。よく面倒を見てくださいました」杢兵衛は膝に手を当てた。

「そうこなくちゃいけないね」澄は溜飲《りゅういん》を下げたのか、改めて訊いた。「で、この子の父親はどうしたんだい？」

「もう七か月前になりますが、卒中で倒れたらしくて、朝見付けた時には、冷たくなっていたんですよ」

「そうだったのかい……」

澄が振り向いて松吉を見た。何を考えているのか、松吉はただ黙っている。

「長屋の皆と、と申しましても、貧しい者ばかりなんで、手前が主《おも》に金を工面《くめん》して、ささやかながら葬式も出しておきました」

だから文句を言われる筋合いはない、とでも言いたいのだろう。杢兵衛が僅《わず》かに胸を反《そ》らした。

大家なんだ、当たり前だろう。思いはしたが、出来ないことだ、とも分かっていた。頭を下げ、墓の場所を訊いた。

「手前の世話になっている寺が麻布の絶江坂《ぜっこうざか》にあるので、そちらに」

礼を言いな。松吉にも頭を下げさせ、寺の名を訊くと、

「知りたくねえ」松吉が吐き捨てるように言った。

「いいのかい？」

「いいんだ」

「分かったよ。無理に訊かなくとも、父親を許せる時が来たら、行けばいいさね」

背を向けている松吉から李兵衛に向き直り、立て替えてくれた分に礼の金子を足し、更に長屋の衆にも世話になったから、と一夜の宴を張れるだけのものを上乗せした。

「あなた様からいただく訳には参りません」と、李兵衛は手では制して見せたが、目は金子の包みに注がれたままだった。

「これも、縁というものじゃござんせんか。あたしが松吉を拾ったのも縁なら、今日こうして大家さんにお会いしたのも縁。お宝はこんな時に役立てなければ、ただの人泣かせの暴れん坊ですからね」受け取ってくださいな。澄は李兵衛の手を取り、包みを握らせた。

「分かりました。ありがたく頂戴《ちょうだい》します。長屋の衆を集め、出来なかった矢太さんの四十九日の法要の真似事をさせてもらいます。豆松、とはもう言えないか、松吉、その気になったら、いつでも訪ねて来るんだよ」

李兵衛が木戸の外まで見送りに来た。

澄はいくらか背筋を伸ばし、今更と思いながらも堅気に見せ、松吉を伴い、竈河岸《へっついがし》から浜町河岸へと抜けた。

「ちょいとそこで休もうか」河岸の切石を顎《あご》で指した。

並んで腰を下ろした。

「お前のおとっつぁんに渡す金を、使っちまったけど、あれでよかったね」

「ありがとうございました」

「こっちこそ礼を言うよ。生涯出来ないもんと諦《あきら》めていた親の真似が出来たんだからね」

澄が足許の小石を拾い、堀に放った。水面《みなも》が低いのか、水音は遠かった。

「これで思い残すことはありません。俺は旦那のようになります」

「何だい。信太の名をもらった時から、そう思っていたんじゃないのかい」

「そうなんですが……」

「御免よ。いじわる言った訳じゃないんだよ」

「……二年くらい前に《闇鴉》ってのがいたんです」

「お江戸を騒がせていた奴だね。聞いたことあるよ」

「血は一滴も流さねえ、誰も気付かねえうちに、闇に消えている。筋の通った、何というかすごい盗《ぬす》っ人《と》でした。麻吉《あさきち》ってのが正体だったんですが、俺には優しい、親切な人でした。俺の夢は、《闇鴉》になることだったんです」

「なれるよ、お前なら」

「ありがとうございます。でも、今は、独りじゃなく、旦那のように大勢の者を使うのもいいな、と思っているんです」

「その意気だよ。聞いたら、旦那も喜ぶよ」

松吉が嬉しそうに顔を崩した。子供の顔だった。その顔を見て、澄は昨日のことを思い出した。尋ねることにした。

「気になってたんだけど」

「……何でしょう？」

「昨日、何だか浮かない顔してたけど、お菊を見付けてくれた、あれっくらいの年の侍と、何かあったのかい？」

「あの三一《さんぴん》、実は、これで三度も見掛けてるんです」

「そりゃ、すごい縁だね」澄が頓狂《とんきょう》とも思える声を上げた。

「三度とも、向こうはこっちのことなど、気付きもしねえんですが」

澄が話すように、と促《うなが》した。

一度目は、口入屋が雇い主宛に書いた請状《うけじょう》を浪人が落とした時のことだ、と松吉が言った。

「俺が見付けたんで、声を掛けてやろうとしたところに、すっ、と現われたのがあの三一で、先に声を掛けちまったんです」

「いつの話だい？」

「去年の一月くらいのことです」

「よく覚えてたね」

「しけた浪人なんですが、手を突かんばかりに礼を言ってました。それは、俺が言われる言葉のはずだったから、悔しくて」

「二度目は？」

「江戸を売ろうと、小伝馬上町んところで天秤《てんびん》を餓鬼《がき》にくれてやり、走り出したところで、すれ違ったんです。そして、三度目がお菊坊の時です」

「そういう奴は、またお前の前に現われるよ。面ぁ忘れるんじゃないよ」

「忘れねえ」

「あの若侍の顔は、あたしも覚えている。真っ直ぐ日のあたる道を歩いて来たって面だったね。あたしら、月明かりさえ嫌って闇の中を歩いてるのにね。負けちゃ駄目だよ」

「負けねえ」

「いくつになったね？」

「年が明けると十三です」

「羨ましいね。あたしも、今がそれっくらいだったら、もう一花咲かせるんだけどね。無駄に生きてきちまったかね。何か食べてから、浅草に行くかい？」

「まだ腹は一杯です」

「悔しいよ。お前に酒の相手が出来たらねえ。あたしがお婆さんになる前に、早く年を取るんだよ」

「任せておくんなさい」

松吉の物言いが可笑《おか》しかったのか、澄は声を上げて笑った。

第四章　波銭《なみせん》

一

九月二十二日。五ツ半（午前九時）。

千吉と新六は、下駄屋《駒形屋》の二階の見張り所から《はおり屋》の出入りを見ていた。この日は昼までが新六で、昼餉《ひるげ》が運ばれて来たところで、佐平と交代することになっていた。

「親分」

《はおり屋》の腰高障子《こしだかしょうじ》が破《やぶ》れているのを新六が見付けた。誰かが、手でも突っ込んだのか、拳大《こぶし》の穴がぽっかりと空いている。

「昨夜《ゆんべ》ですかね」

見張りを終えた宵《よい》五ツ（午後八時）の時には、破れていなかった。

ということは、あれから何かあったのか。《駒形屋》の者に昨夜遅く喧嘩《けんか》でもあったか、と訊《き》いたが、それらしい物音に気付いた者はいなかった。

「どうしたんでしょうね……」新六が尋ねたが、千吉は黙って首を振り考えている。

半刻（一時間）が過ぎた。通りの向こうから天秤棒《てんびんぼう》を担《かつ》いだ男が来るのが見えた。新六に呼ばれ、千吉も男を見た。天秤の前には糊桶《のりおけ》と刷毛《はけ》が、後ろには紙を入れた箱を下げている。障子の張り替え屋だった。男は、横町の角に立つと、通りを覗《のぞ》き込むようにして家々の腰高障子を見回している。《はおり屋》の破れに気付いたらしい。店の前まで行き、中に声を掛けている。

何度かの応答の後、舌打ちするような素振《そぶ》りを見せ、引き返していった。

それから四半刻（三十分）程が経《た》った頃、また流しの障子張り替え屋が現われた。

「また来ましたよ」

「今度のは、どんな奴だ？」

「身の軽そうな野郎です。年は三十のひとつ、ふたつ前ってところでしょうか」

千吉は腰をにじるようにして窓辺に移った。

男は横町の角に立ち、《はおり屋》の障子に目を留めていた。

天秤が柔らかく撓《しな》った。男は《はおり屋》の店先に行き、声を掛けた。中の者に何か言われたのだろう、愛想《あいそ》よく答えている。男の頭が低く傾《かし》いだ。

どうやら仕事をもらえたらしい。天秤棒を肩から外している。中で張り替えをしていいと言われたのだろう、天秤棒から下ろした糊桶や箱を店の中に運び入れている。

「あの野郎、ついてやすね」新六が囁《ささや》いた。

「どうして」と千吉が新六に訊いた。「前の奴は断られたのに、あいつは仕事がもらえたんだ？」

「そりゃ……」と言って、新六が思い付いたように言った。「手間賃が安かったとか、馴染《なじみ》だったとかじゃねえっすか」

「そんな風に見えたか」

手間賃のやり取りをしているようには見えなかったし、来たのも初めてのように見えた。

「もしかすると、気分で決めたんじゃねえんですか。こいつは腕がよさそうだって」

「気分か。そんなもんか……」

「親分も見たでしょ。別に怪しい素振りなんぞありやせんでしたぜ」

「確かにお前の言う通り、ついている、としか見えねえけどな……」

千吉は引っ掛かっていた。どうして最初に来た張り替え屋を断り、ふたり目のに頼んだのか。どうして昨夜まで破れていなかった障子が、今朝は破れていたのか。よろけた拍子に破れたと考えれば、気に留める必要はないのかもしれないが、どんなに些細《ささい》なことでも、何か頷《うなず》けないことがあった時は気を付けろ、というのが見張りの鉄則だった。

「念のためだ」と千吉が新六に言った。「尾《つ》けてくれ」

「どこら辺《あた》りまでにいたしやしょうか？」

「てめえの気が済むところまで行き、ここらでいいだろう、と思ったら、そこからもう二町ばかし頼む」

「承知しやした」

男が仕事を終え、横町を出るのを待って、新六は裏から通りへと抜け出した。間合を十分に取り、背後にも気を配りながら、ゆるりと尾けた。

男は角毎《ごと》に立ち止まっては、濠《ほり》沿いに下って行く。市ケ谷田町の二丁目を過ぎ、三丁目に入った。

不審な様子などまるでなかった。やはり、ただの張り替え屋だったのだ。

ここらでいいかな。

新六が足の運びを鈍《にぶ》らせた時、男がお店とお店の間の細道に折れた。表の看板を見た。《京屋《きょうや》》。紅白粉《べにおしろい》では指折りの老舗《しにせ》だった。

「障子の破損、障子の破損〜。みな張って十文〜」

男が突然大声を上げた。足取りもひどく遅い。板塀の中にも届いたのだろう、《京屋》の裏戸が開き、女が顔を出した。男を見て、破れたとこなんてないよ、と突っ慳貪《けんどん》に言い放っている。そんなことを仰《おっ》しゃらずに、と言う男の声は聞こえたが、その先は小声になって聞こえなかった。

二言《ふたこと》、三言《みこと》言葉を交わすと、くどいよ、と言って女が裏戸を閉めてしまった。男はそのまま足を延ばして隣の船河原町《ふなかわらまち》まで行くと、そこでくるりと向きを変えた。この先は武家屋敷になってしまうのだ。

何ってこたぁねえな。

仕事をもらおうとして、断られた。そうとしか、新六には見えなかった。

男はまた、横町を覗きながら市ケ谷八幡宮《はちまんぐう》の前まで出、休もうともせずに四ツ谷御門のほうへと向かって行く。

もう、いいかな。

引き返すか、と思ったが、ここからあと二町、と思い直している間に、男は歩を速めた。今度は、どこへも寄ろうとはしない。新六は男につられ、いつの間にか鮫ケ橋へと入り込んでいた。男が行き着いたのは、谷町の古びた家だった。腰高障子に『障子張り替えます　双吉』と書いてある。

天秤を肩から外す音に気付いたのか、障子が内側から開き、幼い子供が飛び出して来た。お帰り、と小さな口で大きな声を張り上げている。

「ただいま、お菊坊」男が顔を崩して、抱き上げた。

こりゃ、違うな。ここまで来て、損したぜ。

新六の腹の虫が、ぐうと鳴った。

飯が逃げっちまう。

新六は、飛ぶようにして見張り所に急いだ。

《駒形屋》の二階に上がると、軍兵衛と佐平が来ていた。佐平の膝許《ひざもと》に風呂敷の

包みがある。昼餉だ。間に合ったのだ。ほっとしていると、

「どうだった」と軍兵衛が訊いた。「尾けていった奴は？」

怪しいところはありやせんでした、と新六は話した。

「可愛《かわい》い、ちっこい餓鬼《がき》がいましてね。地に足の着いた暮らしをしている者でした」

「何だ、家まで尾けたのか」千吉が言った。

「ご苦労だったな」軍兵衛が佐平に、飯の仕度をするように目で言った。

「止《や》めるに止められなくなっちまったんです」新六は佐平の手許を見ながら、頭の天辺《てっぺん》を掻《か》いて見せた。「切り上げ時ってのが、難しくて」

「あれは勘だからな。手柄立てて、しくじって、その積み重ねで覚えるしかねえな」

握り飯と煮染《にし》めだけの昼餉だったが、空きっ腹に不味《まず》いものはなく、皆で経木《きょうぎ》を嘗《な》めるようにして食べ終えた。

千吉と、腹を摩《さす》っている新六を残し、軍兵衛は再び佐平を供にして見回りに出ることにした。

「どちらへ？」千吉が訊いた。万が一、探しに走る場合を考えて、大凡《おおよそ》の方角を

知っておくのである。

「そうよな、亀吉のとっつぁんに満三郎の様子を訊いてから、神明前辺りと金杉橋の南にでも行ってみるかな。加曾利の奴、苦労しているようだからな」

元鮫河橋表町の御用聞き《ごようき》・亀吉に満三郎の動きを見張らせてから、もう十日目になる。この間、それらしい動きはまったくなかった。宮脇信左が言うように、野伏間の治助の押し込みが早くとも十月の末であるとするならば、少し休ませて十月の中頃から再開したほうがいいかもしれない。だが、これまでの押し込みが十、十一、十二月の晦日《みそか》近くだろうと、今年もそうだとは限らない。今年は九月の晦日近くかもしれない。ここは、十月一日が来るまでは見張りを続け、それから中頃まで見張りを解くのが良策だろう。考えているところに千吉が、でしたら、と言った。

「何かあった時は、四丁目と一丁目の自身番に知らせておきますので」

四丁目とは《黒板長屋》のある赤坂田町四丁目で、一丁目が金杉通一丁目であることは、詳しく話すまでもなかった。それが同心と御用聞きの呼吸というものだった。

「寄ろう」

「お願いいたしやす」千吉は顔を起こすと、訊いた。「野郎どもでやすが、押し込み間際《まぎわ》までは動かないってことは？」

「あるかもしれねえな。丁度《ちょうど》いい。たった今、決めたぜ。このまま動きがないようなら、九月の晦日まではきっちりと見張り、十月の一日から中頃まで見張りを解くことにするぜ」

「旦那、もしあっしどもの身体《からだ》をお気遣いくださってのことでしたら、どうかご無用に願いやす。そんなやわではございませんので」

「ありがとよ。だが、ずっと張り詰めてるんじゃ参っちまう。十月が無事なら十一月もまた見張ることになるんだからな」

赤坂田町の瀬戸物《せともの》屋の二階に設けた見張り所では、亀吉とふたりの手下が窓障子の近くに固まり、《黒板長屋》の木戸門を見下ろしていた。

軍兵衛に気付くと、三人が一斉に振り返って挨拶《あいさつ》をし、亀吉ひとりを残して、また顔の向きを戻した。

亀吉が膝を送り、商いに出るくらいで、これという動きはございません、と昨日出向いた先を記した半切れを差し出した。束ねられた半切れは十枚になる。

「今日は奴《やっこ》さん、出掛けねえのかい？」軍兵衛が顎《あご》で長屋を指した。

「へい。ここの」と亀吉が半切れの中程を指した。「包丁と鋏《はさみ》を研《と》いでいると思われます」

「目立った動きがねえと、見張りはかったるいからな。苦労掛けるな」

「とんでもないことで。こいつら」と手下のふたりを見て言った。「見張りをするなんて初めてのことなんで、張り切っているんでございます」

「ありがとよ」

手下のふたりが、慌てて畳に手を突いた。

「ところがな」と軍兵衛は亀吉に言った。「どこもかしこも、ぱったりと鳴《な》りをひそめていやがるんだ。仕方ねえ、こっちも見張りを一旦《いったん》解いて、半月もしたらまた始めるってことにした。とりあえず九月の晦日まで見張ってくれ。後のことは、また知らせる」

「分かりました。あっしどもは、御役に立てて喜んでいるんです。必ずまた、お声を掛けてくださいやし」

「頼むぜ。ところで、昼餉《めし》は？」

食べ終えた跡がない。

「そろそろ婆さんが持って来る頃なんですが」

時分になると、亀吉の女房が弁当を運んでくるのだった。

「近いうちに誘うからな。浴《あ》びる程飲もうぜ」

瀬戸物屋の裏から路地に抜けようとすると、亀吉の女房と行き合わせた。手に風呂敷の包みを提げている。

「いつも手間掛けるな。この通りだ」

軍兵衛は頭を下げると、常に袂《たもと》に落とし入れてある小粒を取り出し、古女房の袂に移し入れた。古女房の相好《そうごう》が崩れ、腰がしゃん、と伸びた。

二

その頃、浅草今戸町の隠れ家を出た野伏間の治助は、舟を雇い、大川を下っていた。供は、若いが目端《めはし》の利く与吉《よきち》に言い付けた。

昔、面倒を見た女が、今どうしているか、こっそりと見に行くのである。澄は勿論《もちろん》、澄にべったりの松吉を連れて行く訳にはゆかない。

口が重い上に堅い与吉を選んだ訳は、そんなところにあった。

こうして昼日中に出られるのも、と滑るように流れてゆく川面《かわも》を治助は見詰めた。顔を知られていないという自信があったからだった。

用心だね。一に用心、二に用心、とにかく用心することだね。

舟は吾妻橋《あずまばし》、両国橋《りようごくばし》、新大橋《しんおおはし》、永代橋《えいたいばし》を過ぎ、海辺の町を嘗めるように進み、佃島《つくだじま》への渡しがある船松町《ふなまつちよう》に着いた。

ここからは歩いて汐留橋に出、金杉橋へと抜けようという趣向《しゆこう》である。昔、これから様子を見に行く女と何度か歩いた道だった。

あの頃は、俺も若かったね。

どこに行くのかと訊かれたら、女の肌身を思い出しながら、話して聞かせてやろうかと思うのだが、与吉は訊こうともしない。いささか不機嫌になりながら、汐留橋を渡っていると、どちらへ、と与吉が重い口を開いた。

その一言を言うのに、随分と掛かったね。

治助は腹の中で思いながら、これはお澄には内緒だよ、と断ってから、昔の女の様子を見に行くのだ、と話した。

「お英《ひで》というんだけど、気立てのいい女でね」

倅《せがれ》に代を譲《ゆず》り、隠居して郷里の美作《みまさか》に引き籠《こ》もるから、と別れたのさ。そこには、申し訳ないが女房を連れて行くので、これで身の振り方を考えておくれ、と金五十両渡してね。

「旦那の本当の顔は？」

「見せちゃいないさ。俺は美作出の商人で、江戸には品物を卸《おろ》しに来ているってことにしてあったからね」

「お英さんは、今どうしていなさるんですか」

「それだよ」

英は五十両の金で小さな仕舞屋《しもたや》を買い取り、身の回りの世話をしていた婆やとともに、菜飯《なめし》屋に毛の生えたような飯屋を始めた。縁切りをした年だから、十年前のことだ。

「八年前に見た時は、相変わらずの飯屋だったけどね。四年前に見た時は違っていたんだよ」

「………」与吉は唇《くちびる》を結んだまま前を見て歩いている。話の先を聞きたがっていることは、聞き逃すまいとしている気配で分かった。治助は、続きを話した。

「もう少し大きな店を買い取ってね、婆やを厨《くりや》の睨《にら》みに入れて、土地《ところ》ではちょいと名の知れた料理屋になっていたんだよ」

「ようございましたですね」

「そう思うかい？」

「あっちがお頭に拾われるまでは……」

「旦那だよ」

「済みません。あっちも松吉くらいの時に家を捨てたもので、旦那に拾っていただくまでは、相当あくどいことをしておりました。女も騙《だま》すようにして捨てました。今どうしているか、と思うと、嫌な寝汗を掻《か》くことがございます」

「そうだったのか。初めて聞いたよ」

「昔話をする羽目《はめ》になるなんて、思いもしませんでした」

「お前はまだ若い。これからいろんな女と出会うだろうけど、堅気《かたぎ》の女の時は、性根を据《す》えて付き合わなければいけないよ」

「へい……」

「だからね、多少は擦《す》れてても、お澄のようなのが安心なんだよ。あれなら、俺に万一のことがあっても、蛭《ひる》のように生きて行くだろうからね。これは、褒《ほ》めているんだよ」

与吉が珍しく声に出して笑っている。

金杉橋を北から南に渡り、金杉通一丁目を抜けた。

「そろそろだよ」

「何と言う名の店で？」与吉が、辺りを見回しながら訊いた。

「《みま坂《さか》》というんだよ」

「そりゃあ……」

「嬉《うれ》しいじゃないかい」

治助が半町程先の横町を指した。左に曲がったところにあるんだよ。

「済まないが、見て来てくれるかい？」

「旦那は？」

「気付かれでもしたら嫌だからね。後で話を聞かせてくれればいいよ」

「では、様子を見て参ります」

「そうしておくれ」

治助は、建ち並んだ寺社近くにある茶店のひとつへと歩を向けた。

茶のお代わりをしていると、与吉が笑みを湛《たた》えて戻って来た。

「その顔だと、繁盛《はんじよう》しているらしいね」

「店の前はきれいに打ち水されておりまして、塵芥《ごみ》なんぞ探しても落ちておりませんでした。隅から隅まで目が行き届いているからでしょうね。いい店でした」

「ありがとよ」

治助は両手で湯飲みを包み、一口ごくりと飲んで目を閉じた。

《みま坂》は五年前に潰《つぶ》れていた。それを知ったのは四年前になる。英がどこに行ったか、近隣の者に尋ねてみたが、知っている者はいなかった。その後、《みま坂》は取り壊され、一時は更地《さらち》になっていたが、今は古着屋になっているはずである。

「嬉しいね、ほっとしたよ」

治助を落胆させまいと、敢《あ》えて嘘《うそ》を言った与吉の心遣いが胸に染《し》みた。与吉は信用出来る。使える。それが治助には嬉しかった。

「帰ろうかね」

「へい……」

金杉橋のほうへと向かった。

旅装束に身を固めた者たちが、ふたりを次々に追い抜いて行く。長旅を終え、ようやく江戸に入ったことで足取りが軽くなっているのだろう。

「お前、これまでに何人殺《や》ったって言ってたっけね？」治助がふいに与吉に訊いた。確か、拾われた時に訊かれたことだった。

今更、と思いながら、ふたりです、と与吉は答えた。

「そうだったかね。俺はこの手で、男をふたり、女をひとり、都合三人殺っちまった。それと、命じて四人。刻んだり、川に流したり、埋めたりした」

与吉は、何と答えればいいのか分からず、口を閉ざしている。

「化けて出るかい？」

「何を仰《おっ》しゃるんで、まさか、そんなことは」

「あったよ。そこらの者が、まさか、ひょいっ、と殺した奴に見えたことがね。悔い、だね。どうしようもない時は仕方ないが、無駄に殺すんじゃないよ」

「そういたします」

金杉橋が近付いて来た。

中央の大きく膨《ふく》らんだ橋板の上に、頭が見えた。髷《まげ》の形で侍《さむらい》と知れた。頭に続いてゆっくりと肩先が、黒い羽織が、腰の刀が覗いた。黒羽織に縞《しま》の着物の着流しである。斜め後ろに手先の者を連れている。

同心が手先に何事か話している。手先が、項《うなじ》に手を当てて、笑みを見せた。

今のうちに笑っておくんだね。そのうち真っ青にしてやるよ。

治助の胸に、ふといたずら心が起こった。用心の禁を破ることになるが、相手はこちらが誰だか知らないのだ。危ないことはない。自らに言い聞かせた。

「からかおうか」

誰を、と訊こうとして、与吉は前から来る八丁堀だ、と気付いた。

「お頭ぁ」

「やりたいんだよ」

「どうするんで？」

「調子を合わせな。いいかい、間違えるんじゃないよ。俺は、頭でなく、隠居だよ」

治助は三歩前に進み出ると、振り向きながら与吉に話し掛けた。

「僅《わず》か十文ですよ。それで、これくらいもあるんですからね。分かります、これっくらい」

治助が大きく手を広げ大きさを示そうとした拍子に、足がもつれ、横倒しに地面に崩れ落ちた。

「ご隠居様」

与吉に呼吸ひとつ遅れて、同心の手先が駆け寄って来た。

「大丈夫かい？」

与吉は手先に礼を言い、隠居を抱き起こそうとしている。手先が手を貸した。

「どこか打ちませんでしたか」与吉が訊いている。

「ありがとよ、ありがとよ」隠居は腰に手を当て、ううっ、と伸びをした。

「無理しちゃいけねえ。茶屋で休んでいくがいいぜ」同心が言った。

与吉が膝と裾《すそ》の土を払っている。

「ありがとう存じます」隠居は同心に頭を下げた。「すっかり足許が覚束無《おぼつかな》くなりました」

「気を付けることだ。打ち身は長引くからな」

「そのようにいたしますです。年甲斐《としがい》もなく、慌てました」

「じゃあな」

手先とともに行こうとする同心を、隠居が呼び止めた。

「何かあるのかい？」

「あの」隠居は言い淀《よど》んでいたが、思い切ったのか、恐れ入りますが、と言った。「波銭《なみせん》を一枚いただけませんでしょうか」

波銭は裏面に波の文様のある鋳造銭で、四文銭のことである。

「そりゃいいが、どういうこったい？」

「八丁堀の旦那から頂戴《ちょうだい》した、と田舎《いなか》に帰ってから威張《いば》ってやりたいのでございますよ。そして、お守りにいたします」

「そう言われたら断れねえな」同心は袂に手を差し込み、指先で探っている。

「重ね重ね恐れ入りますが、御名をお聞かせ願えますでしょうか」隠居が上目遣いに同心を見た。

「北町の鷲津軍兵衛だ。お前さんは？」

「美作の隠居で、与兵衛《よへえ》と申します」

「そりゃ遠くから来たんだな」

「はい」

「その割には」と軍兵衛が、治助の手に波銭を握らせながら言った。「江戸言葉が板に付いてるじゃねえか」

「こちらで商いをさせていただいていたもので」

「そうかい」

軍兵衛は、治助と与吉の顔を見てから、

「気を付けるんだぜ」

言い置くようにしてふたりに背を向けた。佐平が追うようにして後に続いた。

「可愛いもんでございますね」十歩程離れたところで、佐平が言った。

「可愛かねえ。あの面《つら》、覚えておけ」

「……何かお気に障《さわ》りましたか？」

「転んだのは、わざとだ」

「まさか」佐平は隠居が転んだ様を思い返した。

「鬢《びん》にも髱《たぼ》にも、土が付いていなかっただろ。頭を庇《かば》ったのだ。とんだ狸《たぬき》かもしれねえぞ」

へえっ、と唸《うな》って、佐平が振り向いた。与吉の肩に摑《つか》まりながら、治助がよろよろと金杉橋に足を掛けている。

「馬鹿しちまったよ」治助が与吉に言った。「江戸の同心は油断ならないね。危ない、危ない」

治助は、橋の中程で足を止め、ふっ、と息を吐くと、思い付いたように言い足した。

「このことは、誰にも言うんじゃないよ」

三

加曾利孫四郎は、霊岸島浜町の留松らと飯倉片町の半三らを引き連れ、車坂町に隣接する辻番所で茶を飲んでいた。

歩き疲れた足を休めるのと、樋流鏑木道場のことを尋ねるためだった。さして期待もしていなかったのだが、

「見ました。いや、凄《すご》かったです」

辻番の老爺《ろうや》らは、八巻鼎之助のことを知っていた。

安永の頃にもなると、辻番所に詰める役目を町屋の者に委託する大名家が現われ始めていた。取り立てて役目がある訳ではない。昼夜交替で詰め、怪しい者が通らぬか監視しているだけである。土地に詳しい隠居の仕事になっていた。この辻番所に詰めているのも、そのようなふたりだった。

「角っこで棒手振《ぼてふり》とぶつかりそうになりましてね。怒りました。目ぇ吊《つ》り上げて、下郎《げろう》、と叫ぶと、すぱ、でございますよ。天秤棒を真っぷたつ」

老爺は皮膚の弛《たる》んだ二の腕をぴしゃりと叩いて、これよりか、もう少し細身の

天秤棒でしたが、と加曾利らに言った。

「鼎之助様に間違いねえんだな?」半三が訊いた。手下のふたりも固唾《かたず》を呑《の》んで聞いている。

「手前はよく稽古《けいこ》を外から見ておりますので、見誤ることはございませんですよ」

「倅はひとりだったのか」加曾利が訊いた。

「いいえ、お仲間がいらっしゃいましたが」

「誰か止めなかったのか」

「それどころか、囃《はや》し立てておりました」

「ちょくちょくあるのか、そういうことが」

「さあ、手前が見たのは、それ一度きりでございます」

「怒りっぽい御方らしいって話だな」留松が、老爺に言った。

「左様《さよう》でございますね」老爺が目を剝《む》いて、見下ろすような顔を作り、言った。

「突然、こう、仁王《におう》様のようになりましたからね」

「そりゃすげえな」留松が老爺の顔を見て言った。

「でも、あの御方のために申し上げておきますが、無礼も何もなくて、お怒りに

「いつも決まっているのです。やはりお旗本のご子息で、人見尚吉郎《ひとみなおきちろう》様と折戸小《おりどこ》
ございません」もうひとりの老爺が、そうだ、とばかりに頷いた。
「お言葉ではございますが、手前どもは車坂町のことで知らないなんてことは、
「まさか、名前までは知らねえよな？」
「左様でございますが」
「囃し立てていた仲間がいたって言ったな。道場の者か」
爺の言葉が甦《よみがえ》った。碌《ろく》でもねえ取り巻きがいるのだろうか。
を出して、刀を抜く奴だってことじゃねえか。オ仲間ガイラッシャイマシタ。老
い分を聞いている身としては、素直には頷けない。つまりは、直ぐに頭から湯気
をしたのか。口で言やぁ、いいじゃねえか。神明前の一件にしても、喜久蔵の言
が、ぶつかりそうになっただけで天秤棒を斬られた棒手振は、そんな大層なこと
　鼎之助が怒りにまかせて、やたらに暴れることはない、と言いたいらしいのだ
あるんでございますよ」
「手前どもでは喝采《かっさい》を送りましたです。あの御方が怒る時には、それなりの訳が
　聞いている、と加曾利が答えた。
なることはなかろうか、と存じます。神明前のこと、ご存じですか」

十郎様《じゆうろう》です」

そうなのか。加曾利が半三を見た。半三が頷いた。

「ふたりとも腕は立つのか」

「八巻様とは比べ物になりませんが、それなりに」

「稽古を見てますからね」もうひとりの老爺が口を添えた。

「飲んで騒ぐ時は、必ずこのお三方《さんかた》でございます。お支払いは八巻様で、時折払わぬこともあるとか」

「何でぇ、町屋の衆に迷惑掛けてるんじゃねえかい」留松が言った。

「いいえ。あの三人がいるとなると、悪いのが近付きませんので、守り札のようなもんなのです。ここに詰めている者なら、皆知っていることです」

「知っております」もうひとりの老爺が言った。

「面白い話をありがとよ。今度美味《うま》い菓子でも差し入れさせてもらうぜ」

「こりゃ、こりゃ、相済みません」

老爺ふたりの頬《ほお》が、ほこほこと崩れた。それを潮《しお》に、辻番所《とば》を出た。

「旦那」と留松が言った。「やはり、八巻様の御屋敷の賭場に探りに行きたいでやすね」

　半三の調べによると、信濃国長沼藩・佐久間家の中間《ちゅうげん》部屋からは怪しい話は何も出てこなかった。一方、八巻家のほうは、半三たちの手では取り付きようがなく、まだ探りにも入れない状態であった。

「どうやって入るか、だな」加曾利が半三に訊いた。「お前たちは、連中に顔を知られているんだな？」

「それで、どうも、口を利《き》いてもらえねえんで」

「連中のことは、どれくらい分かる？」

「申し訳ありやせん。顔を知っているくらいで、名も」

「分からねえか」

「捨吉は、どうでしょう？」留松が言った。捨吉が駄目でも、他の三人の中には、賭場を仕切っている中間頭の国造に顔が利く者がいるかもしれない。

「早速、聞いてみましょう」半三が言った。

「俺たちも行くぜ」加曾利が言った。「ここにいても、埒《らち》は明かねえんだ」

　打ち揃《そろ》って行ってみた。が、駄目だった。

　一見《いちげん》の者と、捨吉らのように賭場から賭場を頻繁《ひんぱん》に渡り歩くような者は、門前払いを食らわされるらしい。

「それにしては、慶太郎や助五郎が八巻の賭場に行っていたと、よく知っていたな」捨吉の長屋を出ると、加曾利が半三に言った。

「それがあの連中の恐いところで、目と耳と勘だけで生きておりますからね」

「金のためなら、お袋どころかてめえまで裏切る者がいる、と聞いたことがありやす」留松が言った。

「心ってものが冷えっちまわねえのかな」

加曾利が長屋を振り返っていると、

「いかがいたしましょう?」半三が訊いた。

「…………」

誰かいねえか、と考えていた加曾利に、留松の手下の福次郎が、あの、とおずおずと申し出た。

「鷲津の旦那が、確か、どこかの中間を賭場に送り込んだことがあったとか、聞いたことがあるのですが」

「あった、あった」と留松が、手を打ち合わせた。「西丸御留守居役だった村越《むらこし》様が御役御免になった時の一件でございますよ」

加曾利も思い出した。中間部屋で開かれていた賭場に、息の掛かった中間と手下を潜《もぐ》り込ませたのだ。

その一件の後、留松は軍兵衛に手札をもらい、千吉の下から独り立ちしたのである。それが巡り合わせで、今は加曾利孫四郎の手先を務めることになっていた。

「よし、奉行所に戻るぞ」加曾利が、勢いよく歩き出した。


四半刻（三十分）も待っていると、軍兵衛が見回りから帰ってきた。日誌を書き、また見張り所に飯を届けるのだ。

臨時廻り同心の詰所《つめしょ》に入って来た軍兵衛を、加曾利は隅に誘った。

「前に、中間部屋の賭場に人を潜り込ませたことがあったな？」

「あった」

「ちいとな、探りを入れたいところがあってな。それで、あの時の中間に働いてくれるかどうか、聞いてくれねえか」

「どこの中間部屋だ？」

「普請奉行の八巻様だ」

「八巻……」

血潮《ちしお》を浴びることを恐れない、鼎之助の狼《おおかみ》のような目付きを思い出した。揺らめき立つような殺気が、全身を包んでいた。

「何だ、知っているのか」はた、と思いが行き当たったのか、加曾利が小声になった。「もしかして、付届《つけとどけ》を受けているとか」

大名家や大身の旗本家は、家中の者が町方の世話になるような事態を避けるために、年にいくら、という形で付届を贈っていた。その金子《きんす》と、大店からの付届があるからこそ、与力や同心は手先の者に探索の費《つい》えとして金子を渡せるのである。付届の額は、与力で年に一千両以上、同心でも数百両になったという。家禄《かろく》の低い与力と同心には、家禄に見合う軍役はないに等しく、懐《ふところ》具合は至ってよかったのである。

「いいや。鐚一文《びたいちもん》もらっちゃいねえ」それよりも、と軍兵衛が言った。「あの屋敷には狼がいるが、そいつが関わっているんじゃねえだろうな?」

「三男のことか」

「あいつは、俺の勘だと、人を斬ったことがあるぞ」

「本身《ほんみ》を振れ、と道場で喚《わめ》いていた」

流派と道場の場所を尋ねた。加曾利が、車坂町の場所を教えた。近くにいたのだ、と知った。もっと密に話し合っていればよかった。

「探る価値はあるな」軍兵衛が加曾利に言った。

「八巻家の賭場はなかなか簡単には入れてくれねえんだよ」

捨吉らのことを加曾利が話した。

「よし、それも含めて聞いてみよう」

軍兵衛は、《駒形屋》の二階の見張り所に握り飯と煮物と卵焼きを届け、済まねえが、と新六との籤《くじ》勝負に負けた佐平に、鮫ケ橋まで走ってくれるように頼んだ。

妹尾周次郎の返事は、『明日から続けて登城しなければならぬので、会えぬ。源三には話しておくゆえ、存分に使ってくれ。奉行所に行かせたほうがよいのか、屋敷で待たせたほうがよいのか分からぬので、こちらで待たせておく』というものだった。

千吉らに読んで聞かせたが、その後の一行は黙って読み、懐に収めた。

『周一郎は、お前に似てきた。楽しみだな』

栄への土産が出来た、と思った。

九月二十三日。五ツ半（午前九時）。

軍兵衛は妹尾への礼状を懐に、佐平と留松、そして福次郎を供に奉行所から鮫ケ橋へと回った。

家人が現われ、座敷を使うようにとの妹尾の言葉を伝えてくれたが、庭先を借りれば事足りるから、と丁重に断り、源三を呼んでくれるように言った。

「多分、そのように仰しゃるだろう、と控えさせております」

源三が中《なか》の口《くち》から腰を屈《かが》めながら出て来た。

「普請奉行の八巻日向守、分かるか。飯倉片町の近くに屋敷があるんだが」

「へい」

「あそこの中間部屋で賭場が開かれているという話だが、行ったことは？」

「たかが博打《ばくち》で、あんなところまでは行きませんや」

鮫ケ橋から飯倉片町までは、ざっと一里（約三千九百メートル）の道程である。博打をしに、一里の夜道を歩く奴は、まずいない。どうして、そんな簡単なことに気付かなかったのだ。源三では駄目だ。

顔に出たのか、源三が俄《にわか》に真剣に考えている。

「旦那」と源三が言った。「片町の辺りに、知り合いはいらっしゃいませんか。

あっしはこの年です。御殿様の許しを得て、甥《おい》っ子のところに遊びに来たとかで、賭場に行くことは出来ますが」

その手があったか。

「妙案だな。驚いたぜ。明日から手先に加えてやりてえくれえだ」軽口を叩きながら、誰かいないか、急いで考えた。

いた。霊南坂を上った市兵衛町《いちべえちょう》に旗本の竹村左門《たけむらさもん》の屋敷があるのを思い出した。竹村は、軍兵衛が妹尾周次郎と通っていた如月派《きさらぎは》一刀流の同門だった。腕前の程はお世辞《せじ》にもよくなかったが、心根はいい男であった。あいつにならら、頼める。留松を竹村家の中間に仕立て、その叔父として源三を送り込めば、話は通る。

「上出来だぜ」

源三が掌を擦り合わせている。後は、八巻屋敷の賭場に入れるか、である。

「その心配は、多分ご無用でございますよ。例の《木菟入酒屋《ずくにゅう》》の甚八《じんぱち》に口を利いてもらえば、まあ入れない賭場はありませんから」大船に乗った気で待っていてください、と源三は胸を張った。

木菟入とは、僧侶や坊主を罵《ののし》って言う言葉である。煮売り酒屋が出来た頃、客筋の多くが寺に出入りの者であったために、誰言うとなく付いた名であった。

甚八は、その《木菟入酒屋》の常連で、阿波鳴門《あわなると》永山《ながやま》家下屋敷の賭場を仕切っている中間頭だった。四ツ谷と赤坂、麻布辺りの賭場では名の知れた男で、恐らく甚八の名を出せば、国造も断りはしないでしょう、と源三が言った。

「今夜にでも行って、訊いてくれるか」

「ようがすとも」

「まさか、あそこがまだやってるとは思わなかったぜ」

「やってるか、なんてもんじゃござんせん。店は小綺麗《こぎれい》になっちまうし、昔の面影《おもかげ》はありやせんや。巣くっているのは同じでやすが」

安い、早い、が愛想がねえ、美味かねえというのが売りだったが、主が亡くなり、娘婿《むすめむこ》の代になると、店の有り様を度々《たびたび》変えるようになった。源三はその度にけちを付けていたのだが、まだ通っていたのだ。

「頼りにしてるぜ。少ないが、飲んでくれ」

袂から、包んで来た軍資金を取り出し、渡した。かっちけねえ。源三は拝むようにして受け取ると、

「旦那、若様でございますが」と言った。

「送ってくれたそうだな、礼を言うぜ」

「そんなこたぁどうでもいいんです。あっしはこの年で、若様に教えられやした。あの方は立派な同心になられやすよ」

「当人に言ったか」

「いいえ、こっ恥ずかしいので」

「言うなよ。慢心するといかん」

「そんな御方じゃござんせんよ。あっしは賽《さい》の目と人を見る目は自信があるんでやす」

軍兵衛は礼を言うと、明日の朝五ツ（午前八時）頃こいつを寄越《よこ》すから、と福次郎を引き合わせ、ことの次第を伝えてくれるようにと言い置き、妹尾の屋敷を辞した。

もう一軒、市兵衛町の竹村左門を訪ねなければならなかった。留松と源三の件を承知しておいてもらうためである。源三は、甚八の返事を待ってから連れて行くことにした。

九月二十四日。

鮫ケ橋から奉行所に駆け戻って来た福次郎の話によると――。

甚八は賭場の遠さに一驚《いっきょう》したが、甥《おい》っ子のご奉公先に遊びに行くので、その序《つい》でに覗くのだという源三の話に、訳もねえことだ、俺の名を出してくれ、と快く言ってくれたらしい。

「よし、行くぞ」

加曾利が吼《ほ》えた。留松と源三を竹村左門の屋敷に送り込むのである。軍兵衛も、仲介の者として竹村家へ再び出向いた。

半三らは、源三と留松と一緒にいるところを八巻家の中間に見られるといけないからと、八巻家の賭場の調べが済むまでは、竹村家に近付くことを禁じ、その間に回れないでいた縄張り内の揉《も》め事を片付けるように言い付けた。見張りにいささか疲れていたのか、半三らに否《いな》やはなかった。

竹村家の家禄は百十石。内証《ないしょう》が苦しいので、表門の脇に長屋式の貸家を建てていた。その一軒を借り受け、留松と源三を住まわせることにした。加曾利らの待機場所にもなるし、夜中の出入りにも母屋《おもや》を気遣わずに済むので、願ったりであった。

竹村家には中間がひとりいたが、見るからに年老いており、博打を打ちに出掛ける元気など、どこを探してもなさそうだった。源三が、ご覧になられやした？　あっしのとっつぁんのような顔して、同い年だそうですぜ、と至極《しごく》満足そうな顔をした。どう見ても同い年にしか見えなかったが、そう言ってしまっては身も蓋《ふた》もない。おめえが若過ぎるんだよ、と言ってやった。源三のいないところで、俺も人が出来てきたのだな、と留松に言うと、留松は聞こえない振りをしてやり過ごしやがった。留松が千吉を親分と呼んで走り回っていた頃が懐かしいぜ。可愛くねえな。手札を取り上げてやるぞ。

言いたくて口がむずむずしたが、止めておいた。

「旦那」と源三が言った。「こう申し上げてはなんですが、こりゃ、占子《しめこ》の兎《うさぎ》、上手くゆきそうな気がいたしやすですね」

軍兵衛も同様の思いを抱いていたが、油断は禁物である。

「嘗めて掛かるなよ。怪我《けが》するぞ」

「抜かりはござんせん」

生き生きしてやがる。本当に竹村家の中間の伜のように見えてきた。だとすると、俺は洟垂《はなた》れ小僧か。留松に言おうかと思ったが、聞こえない振りをされるのは目に見えている。加曾利に、後は任せたぞ、と告げて軍兵衛は竹村家を後にした。

　夕刻、源三が八巻家の賭場に出掛けた。今日はひとりである。今日、明日と二日ばかりひとりで行き、三日目に甥っ子役の留松が同行するという手筈《てはず》にした。加曾利は源三に、賭場の様子を探ろうなどとせず、ひたすら博打に徹するよう言い聞かせた。

　そして、九月二十六日。

　中間の髷に結い直した留松が、源三に同道する日である。

「いいか」と加曾利が留松に言った。「国造と反《そ》りが合わねえのが、客か中間の中にいるはずだ。そいつを探してくれ」

　一方源三には、「何も考えるなよ。顔に出ちまうからな。とっつぁんは賽の目だけ見てりゃいいんだぜ」と、何度も念を押した。

　餓鬼《がき》じゃあるめえしよ、とふて腐れていた源三だったが、八巻家の中間部屋に入った途端《とたん》、餓鬼になった。

「今日は敵討《かたきう》ちだぜえ」留松を国造らに引き合わせることも忘れ、盆茣蓙《ぼんござ》の前に陣取ると、射《い》るような目で賽を見ている。

「おめえさんが、源三さんの甥御さんで？」五十絡《がら》みの、柔和《にゅうわ》な顔立ちの男が、留松の脇に膝を突いた。「あっしは国造と申します。お見知りおきくださいやし」

留松は膝を揃えて名乗り、叔父貴が世話になりやす、と挨拶をした。その叔父貴は、国造が来ていることにも気付かない。

「どうも、この調子で」留松が苦笑して見せると、楽しんでいっておくんなさい、と他の者への挨拶に回って行った。

「丁《ちょう》だぜ、丁。留、おめえも張らねえかい」源三に促《うなが》され、留松も丁に張った。

壺《つぼ》が振られ、賽の目が読み上げられた。

「五二《ぐに》の半」

「駄目だ」と源三が言った。「おめえは疫病神《やくびょうがみ》だ。あっち、行ってな」

留松は盆茣蓙の隣室に移り、酒を頼んだ。そこは、賽の目を読むのに疲れた者や、つきのない者が気分を変えるために設けられた小部屋だった。

酒は直ぐに来た。留松は若い衆に過分《かぶん》の心付けを与え、酒を受け取り、飲み始めた。いい酒だった。

心付けが効いたのだろう。若い衆が肴《さかな》を持って来た。一夜干しの烏賊《いか》を炙《あぶ》り、極《ご》く細く削《そ》ぎ切りし、淡雪《あわゆき》のように盛り付けたものだった。口の中でさらりと溶け、咽喉《のど》に流れ落ちた。

「美味いね」

「お口に合って、ようございやした」

若い衆が下がって行った先で、兄貴分の中間が、銚子《ちょうし》の酒を直飲《じか》みしているのが見えた。

「馬鹿野郎が」国造の低く抑えた声が留松の耳に届いた。盗み飲みに気付いたのだ。「意地汚く飲むんじゃねえ」

中間は小言が続く間、頭を下げ続けていたが、国造が背を向けると、その背を睨み付けていた。使えるかもしれねえな。中間らの遣り取りから、叱《しか》られたのが岩吉《いわきち》だと知れた。

二本目の酒を飲んでいると、源三が空《から》っ穴《けつ》になって留松の傍らに来た。

「何でえ、叔父貴、やられちまったのかい？」

「今夜は、雲の流れ方がよくなかったからな」

「そんなもんかい？」

「そんなもんだ。帰るかい？」

「これを飲んだらね」

留松には、もうひとり、目を付けている者がいた。堅気のお店者《たな》で、どうやら負けが込んでいるらしい。また今日も駄目か、と呟《つぶや》いているところを見ると、常連の者のようだった。

お店者が盆茣蓙から留松らのいる小部屋に来たところで、留松が声を掛けた。

「どうです？」

「新月の夜ですよ。つ、き、が見えません」

「そりゃ大変だけど、こちらもご同様です。それでは、お先に」

賭場を出ると留松は、お店者を尾《つ》けるので先に帰ってくれるように、と源三に言った。受け答えで、話し好きと踏んだのだ。お店者がどこの誰だか突き止めておけば、聞きたい時に訪ねて行ける。

四半刻程の後、お店者が潜《くぐ》り戸から出て来た。何の警戒もしていない町屋の者を尾けるのだ。留松にとっては、造作もないことだった。お店者は、八巻家から程近い長坂町《ながさかちょう》の小間物屋の主《あるじ》であった。

留松が、八巻家の前を通らないようにぐるりと回り込み、鼠坂から我善坊谷《がぜんぼうだに》を抜け、市兵衛町に戻ると、加曾利と福次郎が、源三とともに待っていた。

留松は、尾けた男の素性を話し、

「取り敢えずは、中間の岩吉が一番の狙《ねら》い目かと存じます」

「酒をたらふく飲ませて、八巻の倅が賭場に顔出しすることがあるか、出しているのなら国造とどのような繋《つな》がりがあるか、聞き出してくれ」

加曾利は酒代を留松に、博打の元手を源三に渡し、福次郎と帰路に就いた。

四

明けて九月二十七日。

留松らは早めに八巻家の賭場に入ったが、岩吉の姿も小間物屋の姿もなかった。

どこに行きやがったんでぇ。訊きたくても、訊く訳にはゆかない。ふたりで小さく駒を張っていると、岩吉が奥のほうから出て来て、国造に挨拶をしている。

「おう、ご苦労だったたな」

漏れ聞こえてきた話によると、嫡男《ちゃくなん》の供で朝から出掛けていたらしい。盆茣蓙を手伝いやす、と言って立とうとした岩吉を呼び止め、

「昨日は少しきつく言って済まなかったな。酒好きのお前に、あの言い方はよく

ねえ、詫《わ》びるぜ。許してくんな」

「兄貴、頭を上げておくんなさい。いい気になっていた俺がいけねえんですから」

源三がちらと留松を見た。留松は気付かぬ振りをして、賽の目を追った。岩吉は使えねえな。こうなりゃ、頼りねえが、あの小間物屋か。

しかし、小間物屋は現われなかった。留松らは少し遊んで引き上げた。

翌二十八日。

留松と源三は中間の身形《なり》をして、いかにも使いの帰りのような風情《ふぜい》を漂わせ、長坂町の小間物屋の暖簾《のれん》を潜った。

「おう、歯磨《はみが》き粉はあるかい？」留松が威勢《いせい》のいい声を上げた。

「いらっしゃいませ」

現われた主が客の顔を見て、おや、と言った。留松と源三も驚いて見せた。

「何でえ、小間物屋さんだったのかい？」

「こつこつと商いをさせていただいております」

「いいこった。歯磨き粉がほしいんだけど、房州砂《ぼうしゅうずな》の、あるかい？」

「薄荷《はっか》と丁字《ちょうじ》を効かせたものがございます。一袋八文となっておりますが」

「それを二袋に、房楊枝《ふさようじ》を二本もらおうか」

「房楊枝は一本四文でして、六寸（約十八センチ）のをご用意しております。それでよろしいでしょうか」

「上等だ。文句なんてねえよ」

「それはようございました」

袋に落とし入れている主に、小声で、今晩行くか、と尋ねた。主の目が裏を指し、両の人差し指を立てた。かみさんが怒っているのだ、と言っているらしい。

「行かない」と主が口だけ動かして答えた。

「俺もだ。昨日もやられた」へへ、と源三が笑った。主も困ったような笑みを見せた。

「どうだい、今夜飲まねえかい。奢《おご》るぜ、と言っても高いのは駄目だけどよ」留松が裏には聞こえないように言った。

「行きます」主の顔が、嬉しげにくしゃりと崩れた。

「どこがいい？」

「光照寺《こうしょうじ》さんの門前に《なす吉《きち》》という茄子《なす》料理の美味い飯屋があります。そこに七ツ半（午後五時）過ぎってことでは？」

「分かった。それじゃあまず、お近付きの印に名乗り合おうじゃねえかい。あっしは源三。こいつは留松。で？」源三が、お前さんは、と掌を差し出した。

「わたしは、重右衛門《しげえもん》と申します」

重右衛門は約束の刻限に《なす吉》に現われた。目が悪いのか、顔をしかめるようにして源三と留松の姿を探している。

「重右衛門さん、ここですよ」と留松が声を掛けた。「お待たせいたしました」

重右衛門が、嬉しそうに入れ込みに上がって来た。

「待っちゃいませんよ。叔父貴が飲みたい、飲みたいと騒ぐもので、早めに来てしまったのです」

「お務めは大丈夫なんですか」

「叔父貴は遊びに来ただけなのに、今日は手伝いまでしてくれたので、大威張りですよ。そんなことより、飲みましょう」

留松は小女に杯と銚釐《ちろり》を頼み、箸《はし》を付けちまってますが、と茄子を丸揚げして大根おろしを掛けたものを勧《すす》めた。

「これも極上ですが、他では食べられない逸品《いっぴん》をお教えしましょう」

酒と杯を運んで来た小女に、あれをね、と重右衛門が言った。

飲み食いしているうちに、小皿に盛られた、黒いねっとりしたものが来た。

「お試し、お試し」重右衛門が源三と留松を見た。

ふたりの箸が伸びた。茄子の皮を醬油《しょうゆ》で煮た佃煮《つくだに》だった。醬油の辛みの底に茄子の風味が漂っている。

「いけますね」

「いけるでしょ」

「賽の目さえ言うことを聞いてくれりゃ、毎日食えるのにな」留松が首を振った。

「当たりませんね」

「当たらねえ。本当に、当たらねえ」源三が応《こた》えた。

「新月ですねぇ」重右衛門が溜息《ためいき》まじりに頷いた。

「新月は長いんですかい？」留松が重右衛門に訊いた。

「このところ、新月と三日月の往復ですよ」

「満月を拝みてえよなぁ」源三が咽喉の奥から声を絞り出した。

「そうだよ。大きく当てて、楽、しようぜ」留松が源三の杯を満たしながら言った。

「大きく、ですか」重右衛門が訊いた。

「俺は叔父貴に育てられたようなもんだから、大金を摑《つか》んだら、叔父貴と何か小商いでもしてえんですよ」

「いい話だけど、そりゃいけないよ」重右衛門が言った。「大きく当てたいのなら、まずは河岸《かし》を変えなけりゃいけない」

「どうして？」留松が訊いた。

「飲みねえ」源三が重右衛門の杯に酒を注《つ》いだ。

「実は」と重右衛門は身を乗り出し、声を潜めた。「あそこで大勝ちしたのが、殺されたんですよ」

「本当かい？」留松と源三が交互に訊いた。重右衛門はひとりひとりに頷いて見せた。

「どのくらい勝ったんで？」九十両だ、と重右衛門が源三に答えた。

「どこの、誰なんです？」まさか、それが殺されたふたりじゃねえだろうな。

「聞いてないかい？　殺されただろう、先々月？」

先々月と言うと、間違いねえ。脇質屋の慶太郎だ。慶太郎は大勝ちして殺されたのか。

「確か、質屋だとか……」留松が惚《とぼ》けて見せた。

「質屋じゃないですよ、脇質屋。それと大工。大工は今月だったはずですよ」

「その大工も、大勝ちしたんですかい？」

「そうなんだよ」

「ふたりとも、ですか」留松が源三を見、怯《おび》えている振りをした。

「覚えちゃいねえな」源三が揚げ茄子を頰張りながら言った。

「そのふたりが大勝ちしたのを見てたとか？」留松が訊いた。

「脇質屋が勝ち続けているところは見てたんだけど、大工のほうは聞いた話さね」

「誰にです？」

裏を取る時のために尋ねたのだが、重右衛門がふっ、と顔を上げて留松を見た。留松は、即座に言い足した。

「せめて吉原《なか》で幾分か使った帰りなら、まだ浮かばれるのに、悔しいだろうな」

「わたしも、同じこと言ったよ」

重右衛門が、銚釐のお代わりと鯊《はぜ》の風干しを頼んだ。新たな酒と肴を注文するのだから、話を続けても大丈夫だと踏み、留松は口を開いた。

「あそこじゃ、勝ち逃げすると、殺されちまうって訳ですかい。話半分としても、おっかねえじゃねえですか。そんな危ないところに、どうして行くんですかい？」

「大勝ちなんて、そうそうするはずないじゃないか。それに勝っても、祝儀を置いてくれれば襲われたりはしないんだよ」重右衛門が猫のように咽喉を鳴らして、見たことあるんですよ、と言った。「大勝ちした金の半分を、皆さんで飲んでください、と胴元に戻した人を。その人は、何ともありませんでしたよ」

風干しが来た。美味そうな照りを見せている。重右衛門がふたりに勧めながら言った。

「それをしない素人《しろうと》か強欲なのが、狙《ねら》われるんですよ。あそこは国造さんがしっかり仕切っていなさるから、礼儀正しいし、居心地がいい。負けが込んでも、金を貸そうなんて言わないし、客同士にも言わせない。客も、筋の分かったのしか来ませんしね」

「するってぇと、その、何だ、客筋はいいとすると、大勝ちしたのの懐を狙って悪さをするってのはいない訳ですよね。とすると、怪しいのは胴元ってことになりますが？」

「……そんなこと、わたしの口からは言えませんよ」重右衛門は頰の肉を左右にぷるぷると震わせた。「わたしにも、立場ってものがあるでしょうが」

「訊いちゃいけねえよ」源三が酔いの回った目で、留松を睨んだ。「腹で訊き、腹で答える。それが勝負師同士ってもんよ。ねえ、重右衛門さん」

「叔父さんは、えらい。苦労の年季が違いますね」

気をよくした源三が、鼻先を赤くしながら言った。

「あっしも中間してるから分かるんだけど、あの国造さんは、いいよ。びしっとしてる。あっしの若え時《わけ》を見るような気分だね」

苦笑しながら、顔の前で手を振っている留松に、重右衛門が口を突き出して言った。

「言わせてもらえば、裏で何をしてようが、構わないんですよ。わたしにとっていい人ならばね」

「ちげえねえ。俺も、そうだ。でも、俺は勝ちてえ。どうしても、勝ちてえ。ただ、それだけだ」留松が言った。

「だから、危ないって言ったでしょ。ああたも分からない人ですね」

重右衛門が目を据えた。国造が一件に関わっていることを、留松は確信したが、三男の鼎之助が賭場に顔出ししているかは、訊きそびれた。これ以上は訊かないほうがいい、と勘が働いたのだ。

間もなくしてお開きにし、竹村家の貸家に戻ると、浪人と遊冶郎《ゆうやろう》の姿に身形を変えた加曾利と福次郎が留松らの帰りを待っていた。留松らは、重右衛門から聞いたことを話した。

「三男坊が後ろにいるか、いねえかは分からねえが、とにかく国造は怪しい、と見ていいな」

「とは言っても旦那、相手は旗本屋敷ですぜ。たとえ一季半季の渡り中間でも厄介なのに、国造は中間頭。証《あかし》は何もねえし、どうしたらいいんでしょうね」

問題は、そこだった。

翌二十九日。加曾利は早めに出仕《しゅつし》して軍兵衛を待ったが、詰所にもたらされたのは出仕が遅れるという知らせだった。

満三郎に前夜から不穏な動きがあるからと、夜明けの道を見張り所まで駆けたらしい。

「急ぎの研ぎ仕事だった。暗いうちから踊らされちまったぜ」

夕刻、奉行所に戻って来た軍兵衛が、うっすらと伸びた髭《ひげ》を摩《さす》りながら言った。昼前に出仕して来た軍兵衛に当番方《とうばんかた》を通して、夕刻話がある旨《むね》の言付けを頼んでおいたのだ。

「八巻の三男が関わっていたのか」

「そこまでは分からんが、中間頭は絡んでいると見てよさそうだ」

留松と源三が仕入れて来た話を、加曾利が掻い摘《つま》んで話した。

「どうするんだ？」

「そこで煮詰まっているのだ」

確とした証がねえことにはな。軍兵衛と加曾利が額を寄せ合っていると、何をこそこそ話しておるのだ？　島村の声がした。臨時廻りの詰所の敷居を越え、覗いている。内与力の三枝幹之進もいた。

「其《そ》の方らふたりとは、組み合わせがよくない。何を話しておった？」

三枝が首を伸ばしている。奉行は大名や旗本絡みの一件には関わることを嫌い、揉み消すか、目を瞑《つぶ》ろうとする。三枝の耳に入れることは避けたかった。

「大したことではございません。芝の神明前で幅を利かせている喜久蔵について知っていることがあるか、尋ねていたのです」加曾利が言った。

「何をしている者なのかな」三枝が軍兵衛に訊いた。

「水茶屋の束《たば》ねをしておりまして、男気のある者です」軍兵衛が答えた。

「成程」頷いた三枝が、時に、と言った。「捕物出役のこと、忘れぬようにな」

「心得ております」

島村と三枝が詰所から消えた。足音が遠退《とおの》いて行く。

「よく知ってたな？」加曾利が言った。

「江戸の町で知らねえことはねえ」

どこかで似たような言い草を聞いたのを思い出した。加曾利は、「ふん」と鼻で笑い、どうする、とまた訊いた。

「そうとなれば、金比羅《こんぴら》の御殿様に話を通しておくか。いい知恵を貸してくださるかもしれぬしな」

「火盗改《かとうあらための》方《かた》か」

長官である松田善左衛門勝重《まつだぜんざえもんかつしげ》は役宅が虎之御門外にあり、金比羅神宮に隣接しているところから、金比羅の御殿様と呼ばれていた。軍兵衛とは持ちつ持たれつの関係にある、横紙破りの殿様であった。

ちなみに、役宅とは役に就いた者の屋敷を役所にしたものを言い、南北の町奉行のように、役所の場所が役に就いた者毎に変わると支障を来す場合は、役所を固定し、そこに役に就いた者が在職中は移り住む。これを役屋敷と言った。

「任せてもよいか」

「引き受けた。それより島村様だが、先程は妙に引き際が素直だったとは思わぬか。何か勘付いているような気がするぞ。話しておいたほうがよくはないか」

「それも任せよう」

「横着者《おうちゃくもの》めが」軍兵衛は思わず苦笑いした。

「ふたりで行って、また内与力様が出て来ると拙《まず》いからな。頼むぞ」

「分かった。俺が言っておく」

詰所の前で加曾利と別れ、軍兵衛は廊下を奥へと進んだ。年番方与力の詰所入り口脇で立ち止まり、聞き耳を立てたが、中から話し声は聞こえて来ない。恐らく三枝は更に奥にある奉行の役屋敷へ戻ったのだろう。

軍兵衛は、詰所の中に向かい、低い声で名乗った。即座に、島村の声が返ってきた。

「来る頃だと思うて待っておった」

「あまりお待たせいたしてはと思い、急ぎました」

「申せ。何があった？」

加曾利から聞いたことを順を追って話した。聞き終えた島村が、おもむろに口を開いた。

「旗本とは、それも大身の旗本の事件とは関わりたくない。出来れば、内々に済ませたい。困ったことに、それが御奉行のお考えだ。だが、罪科《つみとが》のない者を斬ったとなれば、看過《かんか》出来ぬ。いや、すべきではない」

何としても証を摑むよう、加曾利によくよく言うておけ、と島村が言った。

「さすれば、奉行所を通さず、証を付けて御目付に送り付けてくれよう。それくらいの伝《つて》は、儂《わし》にもある」

「ご迷惑をお掛けすることになるのでは……」

「年番方と表立って対立しては町奉行職は立ち行かぬ。御奉行とて、その辺りのことはよくご存じだ。しかし、儂もこの年だ」

島村は五十九歳であった。

「御奉行の逆鱗《げきりん》に触れれば、年を口実に隠居に追い込まれるやもしれぬ。そうなった場合、迷惑を云々《うんぬん》するとすれば、周一郎と蕗の仲人《なこうど》になれぬくらいのものであろう。案ずるな」

「まだ仲人を頼むとは」

「今更何を言うか。これで、儂らにさせないでみろ。奥が泣き喚《わめ》くぞ」島村が真顔になっている。

「それはかないませんな」

「であろう?」島村が軍兵衛の表情を読んだ。「其の方、何事も起こらぬと考えておるようだな」

「あの御奉行のことです。島村様と事を構えるより、知らぬ顔を決め込むかと思いますが」

「其の方は好かれぬ男よの。儂が隠居させられるかもしれぬと言えば、少しは心配すべきであろうに、話を逸《そ》らしおって」

「仲人のことを持ち出し、話を逸らされたのは島村様ではございませんか」

「それは捨ておけ。其の方のことだ。金比羅の御殿様を使い立てする気であろう」

「はい」

「どう使う?」

「三男が本当に関わっているのかは分かりません。まだ耳に入れておくくらいか、と。関わっているとすれば、人を殺《あや》めるような者です。こちらの耳には入らないところで、他に何か騒動を起こしているかもしれませんので、それを探ってもらいます」

「もらいます、か。其の方と話していると、火盗改方の長官も同輩だな。南町と火盗改方は犬猿《けんえん》の仲だ。北町は其の方のお蔭で、異様な程上手くいっている。が、それをよいことに、垣をあまり越え過ぎぬようにな。所詮《しょせん》は同じ墓には入れぬ間柄《あいだ》だからな」

「心得ております」

「それもまた、心得ておらぬから、言うておるのだ」

「軍兵衛」と島村が、大きく息を吐きながら言った。「儂はな、周一郎が鷲津家の家督《かとく》を継いだ後の年番方になりたかったわ」

「それなら大丈夫でございます。島村様は、私より遙《はる》かに長生きしそうですから」

「飯運びをせんでよいのか。腹を減らしている者がいるであろう？」

「忘れていました」軍兵衛は、わざとらしく膝を叩いた。

「臨時廻りは他人の腹のことは忘れても済むが、年番方は皆の腹具合を常に案じていなければならぬのだ。其の方の長閑《のどか》な顔が羨《うらや》ましいぞ」

「承《うけたまわ》りました」

廊下に出ると、懐手をし、難しい顔をした三枝が、奥の町奉行の用部屋のほうから来るのが見えた。軍兵衛に気付いたらしい。目が横に流れた。年番方の詰所を見て、待て、と手を上げげた。

軍兵衛は聞こえぬ振りをして、走るように玄関口へと向かった。

《はおり屋》の動きに変わりはなかった。

今日は二十九日である。今月は明日一日を残すのみだし、天気が崩れそうな気配もない。どうやら九月の押し込みはないと思っていいだろう。千吉らと飯を食べながら、これから火盗改方の役宅へ回るので新六を借りるぞ、と言った。

「帰りが遅くなるかもしれねえ。序でに泊まってけ」

五

鷲津軍兵衛が虎之御門外にある火盗改方の役宅に着いた時、刻限は六ツ半（午後七時）を過ぎていた。

他家を、それも身分の上の者の屋敷を、前以《まえもっ》て意向《いこう》を尋ねることもせず、夜分に訪ねる。非礼《ひれい》この上ないことであったが、それを許すだけの度量《どりょう》の持ち主であることを、軍兵衛は熟知していた。

門番に案内を乞《こ》うと、ひとりが同心詰所に向かった。間もなくして現われた同心の土屋藤治郎《つちやとうじろう》が、長官《おかしら》がよい話なら上がれ、悪い話なら出直せ、と仰《おお》せですが、と笑いながら言い、軍兵衛の答を待たずに、式台に上がるよう手で勧めた。

軍兵衛と火盗改方との付き合いは、探索中に弓を射られた佐平を藤治郎に助けてもらったのが縁で始まった。三年半前のことになる。

新六を供の控所に残し、藤治郎に刀を預け、廊下を奥へ渡った。

「よう来たな」

善左衛門が言うのと同時に、新しい膳部が軍兵衛の前に運ばれて来た。

「其の方が、悪い話だから、と帰るとは思えぬのでな、用意させたのだ」まずは飲め。飲んでから、よい話をゆっくりと聞かせろ。善左衛門は手酌《てじゃく》で飲むと、美味い酒であろう、と言った。

「まさか、また、ですか」

善左衛門は、素行の悪い旗本や大名の尻尾《しっぽ》を摑むと、それを種にちくちくといじめ、金子や酒を貢《みつ》がせていた。

「ちと目にあまる振る舞いをしている旗本がおったのでな、灸《きゅう》を据えてやったのだが、その詫びの酒だ」

「一段と美味く感じます」軍兵衛は舌の上に転がすようにして飲んだ。

「味わうのは後にせい。このような刻限に現われたのだ。涎《よだれ》の出るような話なのだろうな?」

「はい。普請奉行の三男が関わっている一件でございます」

「普請奉行はふたりいる。どっちだ?」善左衛門の目が鋭く光った。

「八巻日向守様でございます」

藤治郎が、一瞬眉を寄せるような表情を見せてから、武鑑《ぶかん》を善左衛門に手渡した。武鑑には、姓名、家譜《かふ》、職掌《しょくしょう》、家禄、家紋から拝領屋敷の場所まで詳しく記載されている。

「前《さき》の遠国奉行で、家禄は三千二百石か。何をやったのだ?」

先々月と今月に起こった二件の殺しについて、知り得たことのすべてを話した。

「まだ、三男の所業という証はないのだな」

「今日は、御殿様のお耳に入れるのと、何か町方では分からぬことをお聞き及びかと思い、伺いに参上した次第でして」

「儂に調べさせようという魂胆《こんたん》ではあるまいな？」

「まさか、と申し上げたいのですが、半分は図星《ずぼし》、というところでございます」

軍兵衛が腹を割ると、善左衛門は気持ちよさそうに笑い、藤治郎に言った。

「そういう男だ。煮ても焼いても食えぬわ。のう」

はっ、と答えながら藤治郎が軍兵衛に訊いた。

「八巻様の三男と言うと、鼎之助様でしょうか」

「左様ですが、ご存じですか」

「会うたことはございませんが、剣名の高い御方でございます」善左衛門と軍兵衛に言った。

「それ程、腕が立つのか」

「樋流という剣を使いまして、旗本の中では何本かの指に入ろうかと」

「軍兵衛と、どちらが強い？」

「恐らく、鼎之助様のほうが、かなり上かと存じますが」

「前にもそのような話を聞いたぞ。だが軍兵衛は、其の方が上だと言った柳《りゆう》条《じよう》流《りゆう》の脇坂《わきさか》久蔵《きゆうぞう》に勝ったではないか」

「あれは」と軍兵衛を見て、「二度と起こらぬ奇跡かと存じます」あっさりと言った。

「斬り殺された者の斬り口は、樋流独特のものなのか」善左衛門が訊いた。

「袈裟《けさ》斬りでしたが、樋流かは不明でございます」

「樋流には、柳条流の《草刈《くさかり》》のように、斬り口から見て恐らくは、と見当を付けるような太刀筋《たちすじ》はございませんので、それは分かりかねるかと思われます」藤治郎が言った。

「それで、どうして鼎之助が怪しいと睨んだのだ。もう少し詳しく話せ」

「斬り口が三つ、ございました。他のふたつの斬り口は凡庸《ぼんよう》なもので、ひとつだけ袈裟に斬り捨てた一刀だけが、肩の骨まで断ち切るような凄《すさ》まじい斬り口でした。それで複数の者が関わっているのではないか、と思っていたのですが、鼎之助には常に行《こう》をともにするふたりの者がおります」

「それは？」

家禄が百八十石と百三十石の旗本家の次男と四男だった。名を教えた。藤治郎

いのか、と善左衛門に告げた。善左衛門は、家禄が低い者には興味がな

「まあ、その者どものことはよい。問題は鼎之助の尻尾をどうやって摑むか、だ」一声唸ると立て続けに酒を飲み、藤治郎に、どうしたらよいと思う？　と尋ねた。

「難問でございますね」藤治郎が、腕を組んだ。

「簡単なことだ」と善左衛門が言った。「博打の格別上手《うま》い奴を送り込み、大勝ちさせ、誘い出せばよいわさ」

藤治郎は軍兵衛と顔を見合わせると、

「そう上手くゆくものでしょうか」善左衛門に訊いた。

「軍兵衛なら、そんな手合いを知っているであろうよ。どうだ？」

勝手なことを言いやがる。そんな奴が都合よくいるものか。言い返そうとして、ふと思いが至った。

「……お誂《あつら》えのがおりました。賽の目を自在に当てたことがございました」

「どうだ」と藤治郎に言った後で、「本当にいるのか、そんなのが」善左衛門は驚きの声を上げた。

源三は、『雨燕』の一件の時、五回も続けて賽の目を読み当てた。いけるかもしれない。確か、まだ八巻様の賭場に通い続けているはずだ。ひょっとすると、大当たりを出すかもしれねえ。

「やらせてみましょう」

「上手く取り計らうでな。何か分かったら、其の方の奉行より先に、儂に教えるのだぞ」

「勿論でございます」

軍兵衛は酒をぐいと飲み干し、火盗改方の役宅を辞した。

「意外と早かったですね」新六が、軍兵衛の足許を火盗改方から借りた提灯《ちょうちん》で照らしながら言った。

「これから、ちいとやることがあるんだ。丁度いい」

「何をおやりに？」

「書きものだ。手伝うか」

「書く……」新六が泣き声を上げた。「旦那、あっしが悪筆なのは、ご存じじゃねえですか」

「だったら、横っちょで酒でも飲んでいろ」

「へい」

提灯がすっと前に離れた。酒と聞いて、歩く速度が上がったのだ。軍兵衛も足を急がせた。

ふたりは遅い夕餉を簡単に済ませると、軍兵衛は文机《ふづくえ》の前に座り、徳八の人相書《にんそうがき》を広げ、書き写し始めた。面倒だが、心当たりの御用聞きに持たせる分を作っているのだ。

新六は言われたように酒を飲んでいるが、軍兵衛が働いている脇で飲むのは堅苦しいらしく、小さくなっている。

「ひとりでは寂しいから、脇にいてもらっているのです。堂々とお飲みなさい」

栄に言われるのだが、揃えた膝を崩そうとしない。

これなら、と新六は杯を唇に運びながら思う。裏で飲んだほうが、余っ程《よっぽど》美味えんだけどな。

裏には、御用聞きの手下を泊めるための部屋があった。母屋と渡り廊下で繋がった、離れとは名ばかりの小屋だったが、簡単な煮炊きが出来るよう竈《かまど》と、母屋とは別に厠《かわや》も設けられていた。定廻りや臨時廻りの中には、手下を常時泊め置いて下男代わりに使う者もいたが、軍兵衛は馴《な》れ合いになるのを嫌い、頻繁《ひんぱん》には寝泊まりをさせないようにしていた。

ほいよ、と軍兵衛が新六に書き上げた写しを手渡した。

「明日は、それを配ってもらうぜ」

「承知いたしやした」

「ちいと遅きに失《しっ》した感はあるが、まあ、仕方あるめえ」そこで軍兵衛は、ふと筆の動きを止めると、新六に言った。「いいか、覚えとけ。反省はいいが、後悔はするな。これでよかったのだ、と思うんだ。それが上手い生き方ってもんだぞ」

「へい」

新六が頷いて、人相書の写しを押しいただいているところに、何か手伝えることはございませんか、と言って周一郎が座敷に入ってきた。夕餉の後、養生所から持ち帰った文書の整理をしていたのだが、すべての作業を終えたのだろう。

「そうだな。ちょいと待ってくれ。今途中なんで、これだけ書いてしまう」

「はい」周一郎が、腰を下ろした。

そこに栄が、茶と銚子を持ってきた。茶は軍兵衛と周一郎のためであり、酒は新六のためであった。

「もうお酒は結構ですので」新六が、遠慮して見せた。

「では、書くか」すかさず軍兵衛が新六に言った。

「旦那、そんな殺生《せっしょう》な」

「だったら飲んでいろ。たまには、いいじゃねえか」

「そうですよ。いつも威張っているのでしょうから、今夜は手抜きしないように見張ってやりなさいな」栄にまで言われ、ますます小さくなりながら、杯に手を伸ばした新六が、救いを求めて周一郎に話し掛けた。

「養生所のお務めも、いろいろと難しいことがおありになるのでしょうね」

「面食らうことばかりです」

「そのような時は、どうされるのです？」

「慌てず、まず父上ならどうしただろう、と考えるのです」

「成程」酔いが急に回ったのか、新六が、がくんと首を縦《たて》に振った。

「それはいかんぞ」軍兵衛だった。「周一郎と俺は、別の者だ。俺の遣り方は俺だけのもので、お前にはお前の遣り方があるはずだ。それに俺の遣り方はな」

「ちいっと乱暴過ぎますしね」新六が、にこにこしながら言った。

「そう思っていたのか」

「いいえ」新六が俄に顔を引き締めている。

「その通りだ。甚《はなは》だよろしくない」

「自覚はあるのですね」栄が言った。

軍兵衛は空咳《からぜき》をひとつすると、

「患者は貧しい」と言った。「皆が本性を剝《む》き出しにして生きている。あそこは江戸の縮図だ」

それぞれの部屋に、と言って続けた。

「部屋付きの看病中間がいる。だが、常に目が行き届く訳ではない。同じ部屋の者が面倒を見ることもある。前にな、同部屋の者を親身になって世話するので生き仏と言われていた奴がいた。でも、そいつは寝ずの看病をしながら、瀕死《ひんし》の重病人からなけなしの小銭を掠《かす》め取っていた」

「そのように夢のないことを」栄が眉を顰《ひそ》めた。

「そのようなこともある、ということだ。俺たちの相手は、生まれついての悪、善なのに間が悪くて悪事に手を染めた奴、いろいろだ。そして俺たちは、生まれついての善なのだ」

「あらまぁ」栄が、周一郎と新六を見た。

「だから、相手をよく見ることだ。見れば、分かるようになる。言葉を交わせば、もっと分かるようになる。だが、困ったことに、言葉には嘘が入る。嘘をどこまで見抜けるようになるか、それが求められる。あそこはよい訓練の場だ」

「旦那は、いつ頃から見抜けるようになられたんです？」新六が訊いた。

「今でも誤魔化《ごまか》されることはある。見習の時のことだが、『可哀相《かわいそう》です』なんて鼻水垂らして庇《かば》ってやった奴が、とんでもねえ悪でな。俺は小遣い銭を貸して、踏み倒されちまった」

無駄話は、ここまでだ。軍兵衛は手を叩くと、先に書き上げていた人相書を周一郎に渡し、五枚程書き写すように言った。

「丁寧に書いてくれな」

「分かりました」

周一郎は文机の前に座ると、書く前にまず目を通そうと読み始めた。その目が、ふいに動きを止めた。

「歳五十半ば。色白く、目鼻立ち小作り。右の首筋に刀傷《かたなきず》……」

新六が気付き、首を傾《かし》げ、周一郎の横顔を見た。

「父上」と周一郎が、人相書から顔を上げて言った。

「何だ？」

「似ています」

「誰に？」軍兵衛が背で訊いた。

「鮫河橋谷町で見掛けた者に、です」

徳八か、と訊こうとした軍兵衛より先に、新六が尋ねた。

「谷町の、どこです？」

「西念寺の南の塀に面したところでしたが」

「えっ、あれっ」新六が、手をじたばたとさせている。

「どうした？」

「障子張り替えの男。あっしが尾けた野郎ですよ。そいつが帰ったのが谷町で、西念寺の塀の前で、こんな小さな娘っ子の親でしてね。だから、関係ねえな、なんて思ってたんですが」

「何を話してるんだ。分からねえぞ」軍兵衛が怒鳴った。

「娘の名は、菊と言いませんでしたか」周一郎は、軍兵衛には構わずに、新六に訊いた。

「そうです。菊です。でも、どうしてご存じなんで？」

「待て」軍兵衛が叫んだ。「ふたりとも、俺に分かるように、ひとりずつ順に話せ」

周一郎が、実は、と話し始めたところで、新六がああっ、と叫び、軍兵衛に膝でにじり寄った。

「見ました。あっしは、見たんです」

「何をだ？」

「野伏間が狙っているのは、《京屋》です」

第五章　隠居・柘植石刀《つげいわと》

一

九月三十日。七ツ半（午前五時）。

月のない明け六ツ（午前六時）前の江戸は、闇《やみ》の底である。その闇の底を、提《ちょう》灯《ちん》の明かりを頼りに、千吉がふたりの手下とともに八丁堀の組屋敷に駆け付けた。

――また戻ったのでは寝る間がない。親分のところで寝かせてもらえ。飯は用意しておく。

昨夜のうちに新六を千吉の許《もと》に走らせ、七ツ半に来るように、と伝えさせたのだ。

軍兵衛は、千吉らに茶と温《ぬる》めの粥《かゆ》を与え、少しの休みを取らせた後、鮫ケ橋に向かった。徳八を見た周一郎と、双吉を尾《つ》けた新六が案内役である。栄には、加曾利を通じて、軍兵衛と周一郎の出仕《しゅっし》の刻限が遅れることを知らせるよう、言い置いてある。周一郎はまだ勝手の通る身ではない。

鮫河橋谷町の、障子《しょうじ》張り替え屋に着いたのは、六ツ半（午前七時）少し前だった。

家の中で人の動く気配は感じられたが、覗《のぞ》けるような窓はなかった。間を取り、物陰に隠れて様子を窺《うかが》った。

しかし、この通りにあっては、よそ者である軍兵衛らの姿は、あまりに目立った。と言って、見張り所として借りられるような家もなかった。自身番《じしんばん》にしても、人が好《よ》いだけで口の軽そうな奴らばかりだった。とても使えない。見張りを置けるとしたら、西念寺の土塀越しくらいのものだろう。見張るには不向きな土地だった。

「離れるぞ」

六ツ半は出職《でしょく》の者が働きに出る刻限であった。見とがめられ、話して回られたら元も子もない。

開いている飯屋がないので、妹尾家を訪ねた。玄関脇にある供の者の控えの間を借り、湯をもらい、握り飯を食べた。

瞬《また》く間に二個の握り飯を平《たい》らげた軍兵衛は、ここまでの経緯を簡略に書き、島村家に届けるよう新六に命じた。これから奉行所に向かえば、島村の出仕の刻限に丁度《ちょうど》重なる頃合になる。また佐平には、亀吉らに見張りを続けるよう伝え、その足で《はおり屋》に行き、見張っているように言った。新六と佐平に続いて、軍兵衛と周一郎、千吉も妹尾家を後にした。

奉行所の大門を潜《くぐ》ると、大門裏にある御用聞《ごようき》きの控所から新六が飛び出して来て、島村が既に出仕しており、奥の詰所で待っている旨《むね》を告げた。新六の労をねぎらい、玄関口に進み、そこで周一郎と別れ、軍兵衛は年番方の詰所に向かった。

詰所には、島村とともに三枝がいた。島村が呼んだとは思えない。とすれば、来合わせたのだろう。思った以上に鼻が利《き》くのかもしれない。

「野伏間の狙《ねら》いは《京屋》というは、実《まこと》か」島村が、軍兵衛の座るのを待たずに訊《き》いた。

「恐らく、間違いございません」

《はおり屋》を見張っていたところに、障子の張り替え屋の双吉が現われたこと。双吉を尾けると《京屋》の女中に合図を送り、言葉を交《か》わしたこと。そして、双吉が戻った家に徳八がいたことを順を追って話した。

「徳八に相違ないのだな？」

「私はまだ見ておりませぬが、見た者は首筋の傷《きず》と年格好で間違いない、と申しております」

「いかがいたすつもりだ？」

「暫《しば》くは見張り所を設け、一味の動きを追いながら野伏間の治助がいるかどうかを探ろうか、と」

「手頃なところはあったのか」

隠れ家の向かいは西念寺の塀で、通りには見張り所として使えそうな家も物陰もないと伝えた。

「それで考えたのですが」

西念寺の塀越しに見張る。これに優《まさ》る場所はございません。

「中から、ということか」島村が訊いた。

「それでは、寺社《じしゃ》奉行の許しが要《い》るではないか」三枝が、拙《まず》いぞ、と言って続けた。「御奉行は寺社奉行と反《そ》りが合わなくてな。口も利かぬという間柄なのだ。他にどこか、ないか」

「ならば、と言うより、初めからそのつもりでいたのですが、寺社奉行を通さぬ遣《や》り方を試みてみましょう」

「出来るのか、そのようなことが」三枝が訊いた。

「江戸市中で、私の無理が通らぬところはございません」

ほおっ、と感心している三枝の脇で、島村が眉《まゆ》を小指の爪で掻《か》きながら言った。

「仙十郎から、もし手先の者が必要な時は銀次を使うように、と其《そ》の方への言付《ことづ》けを受けているが、いかがいたす？」

「それは助かりますな。私の日頃の指導宜《よろ》しきを得て、仙十郎もなかなか気が回るようになりましたな」

「戯《ざ》れ言はよい。各所に見張りを置いているが、頭数は足りるのか」

「《京屋》に押し込むとすれば、一味が最後に集まる場所は《はおり屋》です。

千吉らは一味の顔触《かおぶ》れの多くを見ているので、いずれは《はおり屋》に置きますが、ここ暫くは、西念寺の許しを得られれば、徳八を見張らせたいと思っております。《京屋》には、仙十郎の申し出をありがたく受けて、捕物に慣れている銀次と手下ひとりを置くことにいたしましょう。亀吉らですが、満三郎の見張りに手下のひとりを残し、亀吉と別の手下ひとりの計ふたりは《はおり屋》に、そしてまた千吉らの移動に伴い、西念寺へと移す。この布陣ならば、頭数は足りるかと」

「其の方は？」島村が訊いた。

「毎日すべてを回ることになりますが、これは致し方ありませんな」

「満三郎はひとりで足りるのか。銀次には気の利いた手下がふたりいたであろう？」

「ひとりは仙十郎の供に要るでしょう。恐らく満三郎は、時が来たら隠れ家に向かうくらいのことだと思いますので、ひとりでも大丈夫かと思いますが」

「其の方はよく似絵《にせえ》を描かせるが、此度《こたび》はせぬのか」

「音蔵と徳八は人相書《にんそうがき》もございますし、面《つら》を見ておりますので、詳しく説《と》くことが出来ます。また、双吉は障子の張り替え屋姿です。似絵を描かずとも、見誤ることはなかろうかと思われます」

「西念寺の許しを得られる勝算はあるのか？」

「この私が、なくて口にいたすとお思いですか」

言わなければよかった、という表情が一瞬島村の顔をよぎったが、軍兵衛は気付かない振りをした。

二

昼八ツ（午後二時）。

鷲津軍兵衛らは、四ツ谷御門と半蔵《はんぞう》御門の中程にある明屋敷番伊賀者《あけやしきばんいがもの》の番所を訪れていた。組頭の柘植石刀《つげいわと》に会い、明屋敷番の力で西念寺に潜《もぐ》り込もうという算段であった。

「暫時《ざんじ》お待ちを」

受付のひとりが奥に消えてから、少しの時が経《た》った。もうひとりの受付の者は、のっぺりとした顔の、面白みのない男である。からかってやりたかったが、頼み事があって訪れた身だ。我慢していると、

「お待たせした」

背後から声を掛けられた。四人いる組頭のひとり・浅井克助《あさいかつすけ》であった。

「こちらへ」

千吉と新六をその場に残し、軍兵衛は浅井とともに木戸を潜り、露地《ろじ》を抜け、庭に出た。伊賀者にも風流を解する者がいるのか、静謐《せいひつ》なたたずまいの庭だった。

「柘植は隠居した」と浅井が言った。寝耳に水だった。

「あの一件でしたら、お咎《とが》めはなかった、と聞きましたが」

「それでは当人の気が済まなかったのであろう。無理もないが」

柘植配下の者が、西念寺の塔頭孤月庵《たっちゅうこげつあん》の僧・覚全《かくぜん》の扇動《せんどう》に乗り、大名や旗本の屋敷に忍び込み、盗賊を働いたのである。

「知りませんでした」

「触れ回る話でもないのでな」

今はどこにいるのか、訊いた。

「組屋敷だ。今頃は道場にいるはずだ」

組屋敷に住まう者たちの鍛錬《たんれん》のために建てられた道場であった。そこで軍兵衛と柘植は、柘植配下の伊賀者五人を斬り捨てた。

「訪ねてみます」

「まさか、あの一件を蒸し返すのではあるまいな」

「あれは、済んだことです」

「それを聞いて安堵《あんど》いたした」

庭先で浅井と別れた。受付の脇を通る時、会釈《えしゃく》をすると、のっぺりが気張った顔をして頷《うなず》いた。気張っても、やはりのっぺりはのっぺりだった。

伊賀者の組屋敷は、四ツ谷御門外の伊賀町にあった。酒屋で角樽《つのだる》を求め、組屋敷の木戸を潜った。軍兵衛は千吉らと奥の道場に向かった。

浅井の言葉通り、柘植は道場にいた。軍兵衛が手にした角樽に目を留めると、

「番所に行かれたようだな」と言った。

「驚きました」

軍兵衛は許しも得ずに道場に上がると、柘植と向かい合わせに座った。千吉と新六は、道場の入り口脇に留まっている。

「倅《せがれ》に家督《かとく》を譲《ゆず》り、今は日がな一日、道場にいる……」

柘植は軍兵衛を鋭《するど》く見詰めていたが、やがて、遊びに来るようなお手前とも思えぬな、と言った。

「用向きを聞こうか」

西念寺の中に見張り所を置きたい旨を話した。

「寺社奉行の支配であろうが。第一、隠居の儂《わし》に何をせい、と言うのだ？」

西念寺は、伊賀者の棟梁《とうりよう》であった服部半蔵《はつとりはんぞう》が徳川信康《のぶやす》の菩提《ぼだい》を弔《とむら》うために建立《こんりゆう》した寺で、伊賀者たちの菩提寺である。寺社奉行の支配地ではあるが、伊賀者の思いに重きが置かれている特別の寺であることも、また事実であった。だからこそ、柘植に口添えを頼みに来たのである。

「何ゆえ儂が町方の手助けをせねばならぬのだ」

「縁でしょうな」

「其の方と縁など結んだ覚えはないぞ」

「柘植殿は、あと何年生きるおつもりですか」

「何だと」

「私とどっこいか、いくつか若いって年だ。死ぬまでには、まだちぃとある。その間、道場に座り続ける気なのですか」

「余計なお世話だ」

「思い付きで言って申し訳ありませんが、どうです。ちょいと町方の手伝いをして見聞《けんぶん》を広めるというのは」

「無礼な。狭いと申すか」

「広くは、ないでしょう」

柘植の眦《まなじり》が、吊《つ》り上がった。

「面白い話ではないか」

声の主は、組頭の浅井であった。いつの間に来ていたのか、道場の隅に、浅井とともに岡野博太郎《おかのひろたろう》と霜鳥有右衛門《しもとりありえもん》がいた。共に組頭である。驚いて道場に上がり込んで来た千吉と新六を、軍兵衛が制した。

「相手は盗賊です」と霜鳥が言った。「捕縛《ほばく》の一助《いちじょ》となれば、柘植家のためにもなりまするぞ。それに、悔しいが、我らの見聞は限られていると言わざるを得ない。それは実《まこと》のことでしょう」

「もうひとつよいことがありますよ」岡野だった。「町屋の暮らしは儂らから見れば乱れている。覗いてみるのも、また一興《いっきょう》だとは思いませんか」

「儂が臍曲《へそま》がりであることは知っておろう。こう勧《すす》められたのでは、梃子《てこ》でも動かぬ」

「臍が曲がっていようが、真っ直《す》ぐだろうが、どうでもいいんだ」と軍兵衛は柘植に言った。「寺社奉行を通さずに、西念寺に見張り所を設けたい。俺らに助力してくれるかどうか、はっきりしてくれ」

「それが、人にものを頼む態度か」

「俺はいつも、こうだ」

「だから、だ」と浅井が言った。「柘植は隠居しても、偏屈《へんくつ》なところは変わらぬ。これからの歳月、偏屈なままでゆく訳にもいくまいにの。だから、勧めておるのだ。偏屈と八方破《はっぽうやぶ》れが共におれば、己を見詰めるよいよすがになろう程にな」

柘植が目を閉じたまま聞いている脇で、

「俺が八方破れだってのか」軍兵衛は大声を張り上げたが、残念ながら自覚はあった。

「儂らも暇な時に噛《か》ませてくれますか」霜鳥が、軍兵衛の怒鳴《どな》り声を無視して訊いた。

「噛む？」

「町方の真似《まね》をしたいのですよ」霜鳥が言った。

「そりゃ、……構いませんが」

「受けましょう。儂らが後見《こうけん》になります」岡野が、浅井と霜鳥を見た。ふたりが頷いた。

「おいおい」柘植が、三人を見回した。

「町方の気持ちが分かるのだ。儂らも、寺社奉行は嫌いだ。其の方の奉行も、嫌いだがな」浅井が軍兵衛に言った。

「俺も、両方とも嫌いだ。俺が公方《くぼう》様なら、ふたりとも、離れ小島の島役人にしてやりてえくれえだ」

「一致を見ましたな」岡野が言った。

「まさに」霜鳥が言った。

「分かった。無聊《ぶりょう》を託《かこ》つ身だ。唆《そそのか》されてやろう」

柘植は皮肉な笑みを浮かべると、浅井に訊いた。

「わざわざ雁首揃《がんくびそろ》えて来るとは、明屋敷番も暇になったと見えるな」

「何を言っとる。今日は組頭の集まりの日だ。決め事が終わり掛けた時に八丁堀が現われたというので、何の用かと来てみた。それだけだ」

柘植が、人の名を挙げ、どうだ、と訊いた。

「手堅く役目を務めておるわ。何にしろ、柘植の後では遣《や》り難《にく》いだろうがな」

後任の組頭のことを訊いたらしい。知らぬ名であった。

「西念寺のことは、儂らが手配いたす」と浅井が軍兵衛に言った。「その代わり、黒羽織は脱いできてもらうぞ。浪人として入ってもらわねば、万一の時に言い逃れが出来ぬでな」

「助かりました」軍兵衛は、三人の組頭とひとりの元組頭に頭を下げた。

「明屋敷番として借りがあるからな。返すまでだ」浅井が言った。

「西念寺からどこを見張るのだ？」柘植が訊いた。

「口で言うのは難しい」

「では、案内をしてもらいましょうか」霜鳥と岡野が、油紙《あぶらがみ》を懐《ふところ》に仕舞いながら言った。


西念寺の境内《けいだい》に入り、砂利《じゃり》道を右に折れた。左に折れると、今は取り壊されて跡形もないが、覚全のいた孤月庵の跡地に出る。

西念寺の瓦《かわら》屋根を見ながら、右手の木立《こだち》の中を進んだ。

南の土塀が、行く手を塞《ふさ》いだ。

「この辺りでよいのか」岡野が訊いた。

新六が小走りになって塀際に行き、跳びはねた。

「もっと向こうで」東方を指さした。

半町程行き、また跳びはね、更に半町程進んで再び跳ねたところで、にっこりと笑った。

「ぴたり、ここでございます」

軍兵衛と千吉が土塀に寄り、爪先《つまさき》立ちした。目の先に腰高障子があり、『障子張り替えます　双吉』の文字が見えた。家の出入りを真っ正面から見ることが出来た。

「申し分ねえな」

「では、ここに草庵《そうあん》を建てるか」浅井が言った。

「草……庵？」千吉が、軍兵衛を見た。軍兵衛にも何のことか分からなかった。

「簡便な見張り所だな」岡野が言った。

「塀の上から透《す》かし見るより、遙《はる》かに楽だし、見付かりにくいだろう」霜鳥だった。

「しかし、そこまでしていただく訳には」

「其の方らが雨に降られようと構わぬが、様子を見に来た儂らが濡《ぬ》れるのは御免だからな」浅井が言い、岡野と霜鳥に頷いた。

三人は木立の中を動き回り、切り落とした枝を組み合わせ、柱と屋根の骨組みを作った。岡野と霜鳥が油紙を広げている間に浅井が納屋《なや》に走り、莫蓙《ござ》を持って来た。棟から軒《のき》へと莫蓙、油紙、その上に莫蓙と重ね置き、草を被《かぶ》せ、枝葉で囲み、あっという間に草庵が建ち上がった。

塀の上に草庵の屋根が三寸ばかり覗いたが、よくよく見ないと、そこに草庵があるようには見えない。

「いや、凄《すご》いものですな。手際《てぎわ》のよさに驚きました」軍兵衛が、思わず感嘆《かんたん》の声を上げた。

「このようなものは、凄いとは言わぬ」黙って見ていた柘植が、ぽつりと言った。

浅井は岡野と霜鳥を見ると、

「使ってくれ。寺の方には儂らが上手《うま》く言っておく」と軍兵衛に言い置いて、背を向けた。

柘植が、三人の姿が見えなくなるのを待って、

「夏場にはな」と言った。「藍《あい》の蚊帳《かや》を被せることもある。よく使ったものだ」

「明屋敷番が、何を見張ったのです?」

「泥棒だ。屋敷の中には何もないのに、漁《あさ》りに来るのがいるのだ」

「成程《なるほど》」

「仕方あるまい。使わせてもらうか」

「気を遣われるのが苦手なようですな」

「其の方と同じだ」

双吉の家を見張っていた千吉が、旦那、と言った。ちょいとぐるりを回りやしょうか。

隠れ家に裏の出入り口がないか、見ようと言うのである。任せた。

千吉は羽織と股引《ももひき》を脱ぐと、尻《しり》っ端《ぱし》折《よ》っていた裾《すそ》を垂らし、新六を連れて表門へと走った。

「まさか町方と、こんなことになろうとはな。妙なものだな」

「言いたかないが、付き合いたくない御方とひとり決めしておりました」

「他にも、いるのであろうな?」

「まあ……」

「奉行所、か。分かるの。其の方が悪いに決まっている」

「私もそう思いますな」

柘植が声を立てずに笑った。

「笑うことがあるのですな」

「その物言いが、嫌われるのだ」

「嫌うでなく、嫌われるのですか」

「そうだ……」

柘植が、途中で言葉を切り、顎《あご》で通りを指した。

天秤棒《てんびんぼう》の先に刷毛《はけ》と糊桶《のりおけ》を提げた障子張り替え屋の姿が見えた。

「あの者か」

「らしいですな」

男は家の前で足を止めると、通りの前後をちら、と見てから腰高障子を引き開け、家の中に消えた。

小さな女の子の声が聞こえた。おかえり、と言っている。

軍兵衛がこれまでの経緯を掻《か》い摘《つま》んで柘植に話していると、千吉らが戻って来た。

「裏に勝手口がございまして、路地へと抜けられますが、そっちには見張りを立てられるようなところはございませんでした」

ここを隠れ家に使う以上、他にも羽目板を外すとか抜け道はあるのだろうが、見張られていると気付いていない今は、表を見張っていれば事足りるだろう。

「双吉が帰って参りましたが、ご覧になりましたか」

「見た。あれが《京屋》の女中と話していたんだな？」

「へい」新六が答えた。

「家の中から話し声が聞こえました。中に夫婦と子供の他に、若い男がふたりと、もうひとり男がいるようでございやす」

それが徳八なのだろう、と軍兵衛は思った。

四半刻（三十分）が過ぎた。

夕暮れの迫る通りに菊が出て来た。

「もう遅いから、お外は駄目だよ」

双吉が菊の後を追った。輪を描くように逃げる菊を、ぐるぐると追い掛け回している。

それを表戸の隙間から男が見ていた。年は五十半ば。傷痕《きずあと》の有無は目視出来ないが、目も鼻も小作りである。徳八と思われた。

　菊の名を徳八が呼んだ。双吉の手が菊の背に届きそうになった。菊が、笑い声を上げて徳八の腕の中に駆け込んだ。とても盗賊の隠れ家には見えなかった。

「人というのは、分からぬものよな」柘植が言った。

三

　十月一日。五ツ半（午前九時）。

　腰高障子が開き、双吉が天秤棒を担《かつ》いで通りに出て来た。商売に出るらしい。

　その時、見張りに付いていたのは、新六と佐平のふたりだった。ふたりは、半刻（一時間）程前に草庵に着いていた。

「あっしが尾けやすんで、兄ぃはここに」

　双吉は紀州家の上屋敷のほうへと歩いて行く。佐平は、双吉の道筋を読み、先回りしようと駆け出した。

　双吉は、武家屋敷を抜け、間ノ原に出ると、喰違御門の前を通り、赤坂に向かっている。

野郎、まさか……。

佐平の思いを裏打ちするように、双吉の足は赤坂の町並みを小気味《こぎみ》よく渡って行く。一丁目、二丁目、三丁目と過ぎ、四丁目に入った。双吉の歩みが鈍り、《黒板長屋》の木戸門を潜った。

佐平は、木戸門の前を通りながら、斜め向かいにある瀬戸物屋二階の見張り所を見上げた。亀吉の手下が、長屋を指さし、頷いてみせた。佐平は目で合図を返し、物陰に身を隠した。

四半刻（三十分）して、双吉が長屋から姿を現わした。大家の嘉助に応《こた》え、仕事をさせていただきました、と礼を言っている。

双吉は、赤坂の五丁目まで流すと、また来た道を引き返し始めた。

その頃――。

《はおり屋》に客が入った。

満三郎の見張り所から移って来ていた亀吉と手下が、男の素性《すじょう》を読んでいた。

「ありゃ、どうです？」

「分からねえ」

「どうしましょう？」尾けますか、と訊いているのである。

「俺たち、ふたりしかいねえんだ。よしにしよう」

「へい」と答えた手下が、思い付いたように訊いた。「親分、悪いのと、悪くねえのの区別ってのは、どう付けたらいいんでしょうね？」

「そんなこたぁ、簡単なことよ」

目だよ、と亀吉が手下を睨《にら》んで見せていると、《はおり屋》の裏の戸が開き、男と音蔵が出て来て、何やらひそひそと話している。

「いけね。ありゃ、悪だ。尾けるぞ」

「では、あっしが行ってきます」

「ふたりで、だ」

「ここは？　空《から》っぽになりやすが」手下が訊いた。

「馬鹿野郎。やあ、こんにちは、と何度も来るけえ。これで暫く誰も来ないと思いやがれ」

ああっ、と手下が感心している間に、亀吉の姿が階段口に飛んだ。七十を過ぎているとは思えぬ身のこなしであった。

夕七ツ（午後四時）。

軍兵衛が腹塞《ふさ》ぎの握り飯と煮染《にし》めを下げ、《駒形屋》の二階に上がると、

「申し訳ありやせん」亀吉と手下が畳に手を突いて出迎えた。「見逃しました」

尾行がばれてはならねえからと間を空けて尾けているうちに、浅草の雑踏《ざっとう》で見失ってしまったのだった。

「気付かれなかったんだな？」

「その点は抜かりありません」

「なら、上等だ。浅草のほうにも、隠れ家とまでは言わねえが、何かあるかもしれねえ、と分かっただけで十分だ」

軍兵衛は懐《ふところ》から用意して来た紙包みを取り出し、亀吉に渡した。

「刻限が来たら、瀬戸物屋に詰めている兄ぃと三人で、酒を飲んでくれ」

また明日も頼むぜ。軍兵衛は《京屋》の見張り所を覗くと、羽織を脱いで西念寺に向かった。

柘植と三人の組頭が、草庵の外で何やら話し込んでいる。

「何だ？」

「それよりも」

と千吉が、双吉が満三郎の長屋に行き、腰高障子の張り替えをした、と言っ

た。佐平が、どの借店《かりだな》の張り替えをしたか、見定めましたので間違いございやせん。満三郎の借店でございやした。

「動き始めたらしいな」千吉に、亀吉らの尾行の件を話した。

「恐らく今月の末と見ていいだろうよ」

「いよいよでございやすね」

「そうだな」言いながら柘植らに目を遣り、千吉に訊いた。「揉《も》め事か？」

千吉が答える前に、軍兵衛を柘植が抑えた声音《こわね》で呼んだ。

「潜《もぐ》ってきたい、と言っているのだが、何としたものかと困っているところだ」

「潜るとは？」

「目の前の隠れ家だ」浅井が言った。

「床下に潜れば、何か聞き出せるやもしれぬではありませんか。手間が省《はぶ》けるというものでしょう」霜鳥が、ひどく嬉《うれ》しそうに言った。

「それは、そうですが」

「やらせてくれ。面白そうではないか」岡野が言い募《つの》った。

「万一気付かれでもしたら」

「誰に言うておるのだ。その気になれば、寝ている町奉行の髷《まげ》を斬り落とすことも容易《たやす》いぞ」浅井が言った。

「では、お願いいたしますか」

「儂らが加担出来るのは、ここ四日のこと。それまでだが、よいな」

頼んじゃいねえよ。口には出さず、顔で言ったつもりだったが、通じていないらしい。三人は、誰が行くか、で顔を寄せ合っている。

「そもそも昨日、組屋敷に様子を見に行こう、と言い出したのは儂だからな」浅井が一番手を名乗り出た。「済まぬな」残りのふたりが、不承不承《ふしょうぶしょう》頷いた。

「床下は真っ暗闇です。見えるのですか」

夕闇が迫っていた。

「案ずるな。実を言うと、昼間、ざっと見ておいた」浅井が言った。

「儂もだ」岡野が言った。

「同じく。その時は、これと言う話は何も聞けなかったことを伝えておきます」

霜鳥が言った。

「そういうことだ」

浅井は土塀沿いに暫く行くと、ひょいと塀を跳び越え、生まれたばかりの闇の中へ紛《まぎ》れ込んでしまった。

軍兵衛らは、隠れ家で騒ぎが起きないか、凝《じ》っと耳を澄ましていたが、騒動の気配もなかった。

浅井が戻って来たのは、一刻（二時間）程後であった。

軍兵衛らを見ると、徳八は、と言った。

「小頭と呼ばれていた。一味には、もうひとり音蔵という小頭がいるらしいな。徳八が、音蔵の悪口を言っていた。度胸《どきよう》が据《す》わってねえとか、女に甘いとか、な。どこかに、女を潜り込ませているらしいが、それは音蔵の女で、蔦《つた》という者だそうだ。家にいるのは、双吉と初と子供の菊、徳八に男がふたり。ひとりは弓《ゆみ》と呼ばれていた。弓太郎か弓吉かは分からぬ。こんなところだ。役に立ったか」

「それはもう」軍兵衛の脇で千吉らが頷いた。

浅井が、どうだ、という顔をして柘植を見た。

十月二日。

「今日は儂の番ぞ」霜鳥有右衛門が、いそいそと、土塀を越えて行った。

やはり、一刻（二時間）程で戻ると、毎日押し込みの話をする訳ではないからな、あまり収穫はなかったが、と前置きして言った。

「弓と呼ばれていたのは弓平《ゆみへい》で、もうひとりの男の名は芳太郎《よしたろう》だ。あの張り替え屋の双吉と初夫婦は、隠れ家の番人らしい。それから、満三郎というのがいるか」

「おります」千吉が答えた。

「大家で死んだ者は？」

「それも、おります」

「殺したと言っていたぞ。奴どもの話を繋《つな》ぎ合わせると、どうやら満三郎がここまで尾けられて、徳八と話し込んでいるのを見られたためのようだ。満三郎の他にも、ひとり住まいを許されているのが三人いるという話だ。そんなところだ」

霜鳥が柘植を見て、僅《わず》かに胸を反《そ》らした。

十月三日。

岡野博太郎が潜り込んだ。

「武家屋敷と違い、町屋の床下は汚いし、くさい。分かっていたことだが、いさか参りましたな」一頻《ひとしき》り町屋の悪口を言い、本題に入った。「昨日満三郎の他に三人いると言っていたが、そのうちのひとりが分かった。花売りの七《しち》だ。花売りを生業《なりわい》にしているのだろう」

「ひとり住まいを許されているのは、表の仕事を持っているものなのでしょうか」千吉が軍兵衛に訊いた。

「そのようだな」

「花売りの数は知れています。手分けして探しましょうか」

「いや、放っておけ。これ以上見張りを増やして、気付かれちまうといけねえ」

岡野が空咳《からぜき》をし、もうひとつ、教えてあげようか、と言った。

「どうやら頭は、浅草辺りにいるらしいぞ」

「実ですか」

亀吉らは、尾けていた男を浅草界隈《かいわい》で見失った。やはり、浅草にも隠れ家があるのだ。

「その場所は吉原に近いらしいのだが、澄がいると見張られているようで行けぬと言うのがいて、下品に笑っているうちに別の話になってしまった。どうやら澄というのが、頭の女のようだな。それから、拾い子で松吉というのがいるという話だ。歳は十二。このふたりは、押し込みに加わらないようだぞ」

「大助かりです」軍兵衛が改めて三人に頭を下げた。

「では、儂らは役目があるでな。後は、隠居と仲良くやってくれ」浅井が言った。

「何を言うか」柘植の額《ひたい》に青筋が浮いた。「勝手を言いおって。明日からは、儂が潜るぞ」

しかし、双吉が商売に出る以外は、若いふたりが翌日近場に飲みに出掛けただけで、徳八は隠れ家で息を潜め続けていた。一味の動きが再び途絶えたのに合わせ、これという話も聞き出せなくなった。

四

十月八日。朝五ツ（午前八時）。

一味の動きがないのを好機に、軍兵衛は《はおり屋》と西念寺の見張りを入れ替えた。

押し込みが今月の末とすれば、捕物に慣れている千吉らを《はおり屋》に置くのが良策だからである。これで、《はおり屋》に千吉と新六に佐平、西念寺に柘植と亀吉と手下ひとり、満三郎に亀吉の手下ひとり、《京屋》に銀次と忠太の布陣となった。

一日に一度は、すべての見張り所を回らねばならない。難儀《なんぎ》なことであった。

「足が上がらねえぜ」

臨時廻り同心の詰所で渋茶を啜《すす》りながら愚痴《ぐち》を零《こぼ》していると、出仕《しゅっし》したばかりの加曾利がにじり寄ってきた。

「どうした？」

「佐平を貸してもらえるか」

「こちらも手一杯だが、何だ？」

「源三がな、『どうも俺は、佐平と一緒のほうが目が出る』と言うのだ。何しろ、いつ大当たりするか分からぬので、奴が賭場に行く度《たび》に外で見張るのも大変でな。いささか参っているって訳だ」

「負けっ放しか」

「そうだ」

「佐平と行けば勝てるのか」

「分からん」

額を寄せ合っていると、例繰方《れいくりかた》同心の宮脇信左衛門が、つかつかと詰所《つめしょ》に入って来、書棚から古い日誌の束を引き抜いているのが見えた。何かの調べに要るのだろう。

「おい、物知り」と軍兵衛が声を掛けた。

「はい」

「そこで返事をするか」加曾利がぼそりと口の中で言った。

軍兵衛は加曾利を無視して、源三のことを話した。

「一緒にいる者でつきが変わる。有り得ることか」

「勿論《もちろん》です。人には相性というものがありますからね。覚えがあるでしょう。例えば、三枝……、いえ、今のはお忘れください」信左衛門は額に指先を押し当てると、改めて言い直した。「同じことを言われてもですね、こっちの人の時は吹き出してしまうが、あっちの人の時は目くじらを立ててしまう、というようなことが。運は風に震える木の葉のようなものです。気持ちひとつで相性が変わるように、運も一緒にいる相手でどうとも変わってしまうはずです」

「ということだ。試してみよう」加曾利に言った。

「どうするんだ？」

「源三を連れて来てくれ」

「あの、私は？」信左衛門が軍兵衛に訊いた。

「もういい。用は済んだ」

「はい？」信左衛門はふくれっ面《つら》で、詰所を出て行った。

軍兵衛と加曾利は、佐平に源三と留松、そして福次郎を伴い、西念寺から三町（約三百二十七メートル）程離れた四ツ谷伝馬町《てんまちよう》一丁目の蕎麦屋《そばや》の二階にいた。

軍兵衛は窓辺に源三を呼び寄せ、言った。

「角を曲がって来るのが男か女か、当ててみな」

留松を脇に置き、源三が男女の目を読んだ。半分は外れた。留松が、ふうと息を吐いた。

「今度は佐平だ」

佐平が留松と入れ替わった。

「読め」加曾利が言った。

「こりゃ、女ですね。足の指がぴりっと疼《うず》きましたからね」

丸髷《まるまげ》の女だった。

「次は男。遅れて、女でしょう」

商家の番頭風の男が現われ、次《つ》いで小間物屋の女が荷を担いで折れて来た。

「すごいではないか」

加曾利に応《こた》え、源三が言った。

「次も、女ですね。それも、餓鬼《がき》じゃねえですか」
十一、二の女の子が走って来た。
「どうです、旦那」

加曾利が口を開けたまま頷いた。源三は佐平に、

「おりゃあ、おめえと反りが合う。前世は親子か、夫婦だぜ」と言って、にんまりした。

「よせやい」

腐っている佐平を尻目に、源三が賽《さい》を懐から取り出して、加曾利に言った。

「旦那。今日は、賽の目が見えるような気がいたしやす」

「実《まこと》か」

「見ておくんなさい」

源三が賽を振った。

「四六《しろく》の丁」四と六の目が出た。

「ピンぞろの丁」一がふたつ出た。

「おい」加曾利が、満面に笑みを浮かべた。

「今夜は、やりますぜ」

「よし、俺も行って見届けよう」軍兵衛が、加曾利と源三に言った。「いや、俺だけでは心許《こころもとな》無い。あれを呼ぼう」

「あれって」加曾利が訊いた。「誰だ？」


暮れ六ツ（午後六時）過ぎ。

八巻日向守の屋敷の表門を、半町（約五十五メートル）程離れた木立の陰から見ながら、内与力の三枝幹之進が軍兵衛に訊いた。

「そんなに腕が立つのか」

「私の如月派一刀流では後れを取らぬとも限らない、という話なので」

と言って軍兵衛は、駆け付けてきた火盗改方《かとうあらためかた》同心の土屋藤治郎を見た。藤治郎は、その通りだ、と言わんばかりに頷いた。

「ここは関口派《せきぐちは》一刀流のお腕前で、腕の一本くらい叩《たた》き折っていただければと思い、お呼び立ていたしました」

軍兵衛が通っていた如月派一刀流の道場と違い、関口派一刀流は数百人の弟子を抱える大道場で、江戸でもそれと知られた名門であった。

「旗本とはあまり事を構えたくないのだが、腕が鳴るのは止められぬの」三枝が、鼻の脇に深い皺《しわ》を刻んだ。

相槌《あいづち》を打つ振りをして、千吉の傍《かたわ》らへと逃げた。

「源の字、賽の目が見えていやがるんだろうな？」

「だといいのですが」

「昼間の当て物で、運を使い果たしたなんてことは……」新六が、誰にともなく訊いた。

「縁起《えんぎ》でもねえことを言うな」千吉が叱《しか》った。

「それも一興《いっきょう》。長官《おかしら》の酒の肴《さかな》になりましょう。今は待つしかありません」

藤治郎が、どっしりとした構えを崩さずに言った。

その頃、屋敷の中間《ちゅうげん》部屋では――。

源三が最後の駒を丁に張っていた。壺《つぼ》が振られ、目が読み上げられた。

「四三《しそう》の半」

源三の肩が、がくりと沈んだ。

「源叔父、この次ですよ。また来ましょう」

佐平は、留松の従兄弟《いとこ》という触れ込みで賭場に入っていた。

「面目《めんもく》ねえ」

八巻家の潜り戸が開き、佐平と項垂《うなだ》れた源三が出て来た。

「勝った顔ではないな」三枝が言った。

「絵に描いたような空《から》っ尻《けつ》ですな」軍兵衛が言った。

「馬鹿馬鹿しい。二度と呼ぶなよ」

三枝はくるりと背を向けると、ずんずんと歩き去ってしまった。

「相済みません」

源三が、三枝の背を横目で見送りながら頭を下げた。

「気にするな。あれを呼んだからつきが逃げちまったんだ。悪かったな」

「新月が似合いそうな旦那でございますね」源三が、腹立ち紛れに言った。

「新月？」

藤治郎が三枝の後ろ姿に目を遣った。闇の中に溶け込もうとしていた。

一日置いた十月十日。夕七ツ（午後四時）。

源三は朝から漲《みなぎ》るものを感じていた。それが、日が傾くに従い、腹の底から突き上げて来た。

通りに出ては人影を追い、男か女か当て、空を見上げては鳥の飛び行く向きを当てていた源三が、留松を呼んだ。

「今日の俺は、凄印《すごじるし》ですぜ」

「読めるのか」留松が訊いた。

「覚えがあるんですよ。前に当てた時も、こんな感じでした」

「間違いねえな。本当に、読めるんだろうな？」

「俺に間違いがあるはずねえでしょうが」

あったから言ったのだが、気を削《そ》ぐことはない。

「済まねえ」留松は即座に謝り、「鷲津の旦那んところへ一《ひと》っ走りして来る。加曾利の旦那はもう直《じき》お見えになるはずだ。動くんじゃねえぞ。つきを落としちまうといけねえからな」くどくど言い置いて、西念寺に走った。

西念寺の草庵にいた軍兵衛が、そうか、と膝を叩いた。

「あの新月の旦那んところへも走りやしょうか」

奉行所まで走っていたのでは、間に合うかどうか分からない。間に合ったとしても、源三のつきが落ちたのでは、駆けた意味がない。

「ですが、旦那……」

「案ずるな。俺には鷲津家に伝わる秘太刀《ひだち》がある。滅多《めった》なことで後れは取らぬ」

「へい……」

留松に火盗改方の役宅に行くことだけを指示して、軍兵衛は柘植とともに市兵衛町に向かった。

五

六ツ半（午後七時）。

八巻家の賭場が、水を打ったように静まり返っていた。

源三が賽の目を当て続けているのだ。

白目にちくちくと赤い筋を走らせ、源三が、半、と言った。

「五二《ぐに》の半」

客から溜息《ためいき》が漏《も》れた。源三の膝許に駒が山と積まれている。

「四三を離れて五二となりってね。修羅道《しゅらどう》に落ちにけり、よ」

謡《うたい》を唸《うな》りながら、佐平に目で訊いた。いいのかい。構わねえ。

「勝てば、全部源叔父のもんだ。笑いが止まらねえな」佐平が聞こえよがしに言った。

「おお、儲《もう》けるぜ。これで吉原《なか》に繰《く》り込み、脂《あぶら》っこいのと楽しもうぜ」

源三の頭の中では、御役目のことなど消え果てていた。

「丁。賽の目が見えちまうんだよ。今夜の俺にはな」

源三が膝許の駒を、ぐいと盆の上に押し出した。

「…………」

岩吉が目だけを動かして国造を見た。国造が頷いた。岩吉は、そっと賭場を離れ、奥へと消えた。

間もなく屋敷の裏門が開き、岩吉が飛び出して来た。即座に裏門を張っていたふたりのうち、留松が後を尾け、福次郎が事の次第《しだい》を伝えに軍兵衛の許へ走った。

「こりゃ、源の字、当ててるぞ」

軍兵衛の言葉に加曾利が拳《こぶし》を握り締めた。

四半刻（三十分）の後、岩吉がふたりの侍とともに裏門の中へと消えた。それを見定めた留松らが、知らせに来た。

「例のふたりを連れて参りやした」

「間違いねえ。大勝ちしているんだ」

加曾利に応え、「殺《や》る気ですね」と留松が訊いた。鼻の頭に汗を浮かせている。

「そうだ。引き続き、裏を頼むぜ」

「承知いたしやした」留松と福次郎が裏に走った。

留松らが見えなくなるのと入れ違いに、表門の潜り戸が開き、佐平と満面に笑みを湛《たた》えた源三が、腹に収めたお宝を大事そうに抱えて現われた。

「ご機嫌な面をしていやがるぜ」加曾利が言った。

「ありゃあ、この先に何が待ち構えているか、すっかり忘れている面だな」軍兵衛が言った。

「お隣さんは、ぴりぴりしているけどな」

佐平と同じく、加曾利の顔から笑みが消えた。

「長官も驚かれると思います。まさか、本当に大勝ちするとは、信じられません」藤治郎が、唾《つば》を飲み込んだ。

「南町《みなみ》はどうだか知らねえが、北町《きた》に出来ないことはないのよ」

ぐいと見得《みえ》を切ろうとした軍兵衛に、柘植が囁《ささや》き掛けた。

「来たぞ」

佐平とほこほこ顔の源三の後を追うように、裏門のほうから四つの影が忍び出て来た。鼎之助と人見尚吉郎と折戸小十郎、それに岩吉の四人だった。四人は佐平らの行く方向を見定めると、二手に分かれた。鼎之助らふたりが武家屋敷小路に折れ、岩吉と残るひとりが佐平らの後を尾け始めた。岩吉らが佐平らの歩みを確認し、退路を断《た》つ役目を担《にな》っているのだろう。留松と福次郎が、軍兵衛らに加わった。

「よし、読み通りだぜ」軍兵衛が藤治郎と柘植に言った。

源三らが帰るのは市兵衛町の竹村家である。近道をすると、武家屋敷小路を通ることになる。だが、武家屋敷には辻番所がある。襲うには不向きだ。そこで、軍兵衛らが考えたのは、鼎之助らを我善坊谷に誘い出すことだった。谷は、都合のよいことに御先手組《おさきてぐみ》の組屋敷に隣接している。藤治郎の顔が利《き》いた。

榎坂に美味《うま》い酒を置いている酒屋がある。酒を買って、留松と飲み明かそう、と話しながら賭場を出れば、奴らは我善坊谷で待ち伏せするに違いねえ。

軍兵衛の思惑《おもわく》をなぞるように、ことは運んでいた。

尾行に慣れた留松を先頭に、軍兵衛らは間を空けて岩吉らの後を追った。

佐平らは榎坂で徳利酒《とつくりざけ》を買い込むと、笑い声を上げながら北へと進んだ。二町（約二百十八メートル）足らずで我善坊谷である。

岩吉らが足を速めた。留松が右手を回した。早く来い、という合図だ。軍兵衛と加曾利が、留松との間合を詰めた。

「そろそろですぜ」

「らしいな」軍兵衛は、袂《たもと》がはためかないようにと、常に落とし入れてある小石を握った。飛礫《つぶて》である。

月明かりと、御先手組の門前にある仄《ほの》かな常夜灯の明かりに照らされ、谷の行く手にふたつの人影が見えた。道を塞《ふさ》いでいる。岩吉らが通りの中程に躍《おど》り出た。

「誰でえ、てめえら？」佐平の声が聞こえた。

「懐のものを置いて行くがよい」鼎之助なのだろうか。武家の物言いだった。

「冗談言うねえ。この三一《さんぴん》が」

「一息《ひといき》に死にたいか、苦しんで死にたいか、いずれが望みだ。申せ」前の声とは違った。恐らく、これが鼎之助の声なのだろう。

「国造の差し金か」

「だとしたら、何とする？」

「脇質屋と大工を斬ったのも、てめえらだな」

「……其の方ら、実《まこと》に中間か」明らかに声の調子が変わった。

「違うと言ったらどうします？　八巻鼎之助様」

「何」

「人斬りとは、とことん堕《お》ちましたね」

「黙らせてくれる」

右側の影が刀を抜き、摺《す》り足で前に出た。その影目掛けて、軍兵衛が飛礫を投げた。

空《くう》を斬り裂いて飛礫が飛んだ。音を聞き分けたのか、影が足を止めた。飛礫は地に落ち、跳ねて止まった。

「そこまでだ」と駆け寄りながら軍兵衛が言った。

「おのれ、罠《わな》か」

軍兵衛らに背を向けていた岩吉ともうひとりが向こうに回り、鼎之助を中に四人が固まった。

「のこのこ出て来た己《おの》が不明を恥じるがいいぜ」

「ひとり残らず斬ってしまえ。斬らねば、我らの明日はないぞ」

人見と折戸が刀を抜いた。藤治郎と柘植が回り込み、抜き合わせた。

ひとり後退《あとずさ》りしていた岩吉が駆け出した。加曾利と留松と福次郎が、藤治郎らの脇を擦《す》り抜けて追った。

軍兵衛の前に、鼎之助がいた。

鼎之助が正眼《せいがん》に構えた。微塵《みじん》の隙《すき》もない。腕の差は歴然《れきぜん》としていた。

「てめえを見たぜ」軍兵衛は、話し掛けることで隙を見出《みいだ》そうとした。「一月《ひとつき》近く前だ。赤坂新町の通りで、捕らえた掏摸《すり》に金をくれてやったことがあっただろう」

鼎之助の切っ先が僅かに泳いだ。思い出しているのだ。

「あの時の、同心か……」

「俺に気付かなければ、彼奴《あやつ》の腕を斬り落とそうとしていたな」

「……分かるまい、肉を斬り、骨を断つことの楽しさなど。上手く斬れるとな、まるで紙を切ったかのように、すうっ、と刃が軽くなるのだ。一度覚えると、病《や》み付きになるぞ」

鼎之助がじりと間合を詰めて来た。

「殺したふたりに、済まぬという思いはないのか」

「ない。痛みを感じる間もなく冥土《めいど》に行ったはずだ」

「はっきり、この耳で聞いたぜ。てめえらが殺ったとな」

「無駄な話はやめだ。太刀筋が鈍《にぶ》る。俺は、こうやって獲物と向き合っている時が好きなのだ」

「てめえは心も腐っているが、声も悪い。耳障《ざわ》りだ。もう話すな」

「………」

鼎之助が口を大きく横に開いた。怒ったらしい。言い過ぎたか。鼎之助の剣が縦に、横に閃《ひらめ》き、矢継《やつ》ぎ早《ばや》に仕掛けてきた。

何とか毛一筋のところで躱《かわ》したが、たちまち追い詰められた。

いけねえな。こうなれば、秘太刀を使うしかねえか。しかし、此奴《こやつ》に通じるのか。

肩で息を継いでいると、背後から柘植の声が掛かった。

「代われ」

「何の、これからが……」

「代われ」再び柘植が言った。

声に押されて下がると、柘植が軍兵衛の前に出た。

「樋流は初めてだ。車坂の道場らしいな」

「其の方は？」

「古流岩渕流《こりゆういわぶちりゆう》」

「知らぬな」

「されば」

柘植が下段に構えた。

「正眼、すなわち水の性《しよう》。下段、すなわち土の性。土は水に勝つ、か。古い教えよ。古流では、儂には勝てぬ」

「………………」柘植は構えたまま、微動《びどう》だにしない。

「何とか言わぬか」

「喋《しやべ》り過ぎだ」

鼎之助の剣が僅かに跳ね、気合いとともに振り下ろされた。柘植は難無く躱《かわ》すと、小手に剣を飛ばした。

手首を浅く斬り裂いたらしい。鼎之助の手から血が滴《したた》り落ちている。

心配ねえ。勝ちだ。

軍兵衛は、柘植が相手をしていた武家を探した。膝を割られているらしい。通りの隅でうずくまっている。

加曾利らは岩吉を縛り上げ、三人で交替に蹴飛《けと》ばしていた。

藤治郎を見た。残るひとりに手を焼いている。

「代わってくれ」藤治郎の背に言った。

「なかなか手強《てごわ》いですぞ」

「俺には秘太刀がある。任せろ」

「では」

藤治郎と入れ替わり、向かい合った。思った以上に腕が立った。こりゃ、拙《まず》いな。方針を変えた。正面から戦うのは不利だ。

「貴殿は人見殿か」尋ねた。

「……何?」

「では、阿呆《あほう》の折戸殿か」

「何だと」折戸だと分かった。

「阿呆」

「黙れ」折戸が剣を振り上げた。その足許に飛び込み、股《もも》を斬り上げた。

「卑怯者《ひきょうもの》めが」横に崩れ落ちながら折戸が叫んだ。

折戸の剣を叩き落とし、縛るように留松に言いながら、柘植と鼎之助の成り行きに目を遣った。

血だらけになった腕と足を投げ出し、鼎之助が倒れていた。

柘植が、刀の血を親指と人差し指で拭《ぬぐ》っている。息に乱れがない。

「我が家に伝わる秘太刀で倒そうと思ったのに、残念ですな」

肩をそびやかした軍兵衛に、柘植が言った。

「刀を投げるのか」

「どうして、それを」どこかで見られていたのか。いや、有り得ない話だ。

「手と腕の動きで、それと分かった。八巻の倅《せがれ》も気付いたようだ。だから、声を掛けた」

「はあ……」

「危ないところであった。遅れていたら、臓物を撒《ま》き散らしていたことであろう」

軍兵衛が思わず腹を摩《さす》っていると、藤治郎が御先手組の同心らとともに、鼎之助らを載せる荷車を運んで来た。

「急ぎましょう。長官《おかしら》が首を長くしてお待ちです」

「奴らはどうなるのだ？」加曾利が軍兵衛に訊いた。

「役宅で傷《きず》の手当てをしたら、奉行所に運ばせましょう。それで、よろしいでしょうか」藤治郎が言った。

加曾利が至極《しごく》満足そうに頷いている。軍兵衛は留松を呼び寄せると、奉行所と島村様の組屋敷に鼎之助捕縛を知らせるように命じた。


「次は儂の出番か。付いて参れ」

松田善左衛門は、藤治郎ら同心と軍兵衛ら町方を従えると、馬で夜道を駆け、八巻家の門前で叫んだ。

「開門。火盗改方長官・松田善左衛門、役儀《やくぎ》により罷《まか》り越してござる。開門」

玄関口で八巻日向守に、中間部屋での賭博開帳の事実とふたりの者の殺害を語り、中間頭・国造と配下の中間らの門前《もんぜん》捕《ど》りを承諾するよう頼んだ。

門前捕りとは、町奉行所支配の者でも大名屋敷や旗本屋敷内での捕縛が禁じられていたため、その者を屋敷から出し、門前で捕縛することを言った。

「博打とな。そのようなことを許していたのか」日向守が家人に訊いた。

「まさか、人殺しまでしていたとは、考えもいたしませんでした」

「言い訳はよい」日向守が家人に、中間どもを集めるように命じた。

程無くして国造らが引き出されて来た。

「其の方が、国造か」善左衛門が訊いた。

「左様《さよう》でございます」

「外へ出せ」

門外に出された国造に縄が打たれた。

「召《め》し捕りました」軍兵衛が叫んだ。

「その他の者も出すぞ」

中間どもが数珠《じゆず》繋ぎとなった。

「夜分《やぶん》お騒がせをいたし、実《まこと》に申し訳もございませんでした」善左衛門は低頭して見せると、馬に乗りながら、言い忘れておりました、と日向守に言った。「先程ふたりの者を殺《あや》めたと申し上げましたが、その張本《ちようぼん》が不届きにも鼎之助殿の御名を騙《かた》っておりましてな。よくよく調べてみる所存《しよぞん》にございます」

言い終えたと同時に、続け、と藤治郎ら同心に言い、表門から走り出した。

屋敷内からの悲鳴に似た騒ぎが善左衛門の耳に届いた。善左衛門は、軍兵衛と

加曾利らの脇を通り過ぎながらにやりと笑い、

「苦労であったな」と言った。


軍兵衛らが奉行所に戻ったのは、鼎之助らが火盗改方の役宅から引き立てられて来て間もなくのことであったらしい。

鼎之助らは縛られたまま玄関脇に据え置かれ、その周りを火盗改方と奉行所の当番方《とうばんかた》の同心が取り囲んでいた。

「ではな」

加曾利が入牢《じゅろう》証文作成のための届けを書きに詰所に走ると、留松が走り寄って来て、軍兵衛に耳打ちをした。

「おかんむりですぜ」

誰のことを言っているのかは、訊かなくても分かった。内与力の三枝幹之進が玄関口で仁王《におう》立ちしていた。軍兵衛は軽く頭を下げ、無事捕縛したと告げた。

「何ゆえ、私を呼ばなんだ？」

「二度と呼ぶな、と言われたでしょう。一昨日のことですよ。お忘れですか」

「あれは、言葉の綾《あや》というものだ。よいか。野伏間の時に同じ言い訳は通らぬぞ」

　火盗改方の同心が、ひょいと軍兵衛らを見た。聞き耳を立てている。軍兵衛は素知らぬ顔をして、三枝の背を押すようにして奉行所に上がった。

　島村の声がしている。相手は当番方の与力であるらしい。

「南町に行き、火急《かきゅう》のこととて手配もままならず、仕方なく北町のみで捕縛した。後日、お調書の写しをお届けする。左様、伝えて来てくれ」

「心得ました」

　当番方の与力は廊下を滑るようにして奥へ進み、配下の同心と中間を呼んでいる。

　それらの動きを見ながら三枝が、しかし、と言った。

「其の方、樋流にどうやって勝ったのだ？」

　どこまで話していいものか、軍兵衛は天井を見上げて考えた。

「話せ」三枝が押し殺した声で吼《ほ》えた。本気で怒っているらしい。

　それから三日後の十月十三日。

　軍兵衛と加曾利は年番方与力の詰所に呼ばれた。

「八巻鼎之助、並びに人見尚吉郎、折戸小十郎の三名は小伝馬町の揚《あ》がり屋にいる。吟味方《ぎんみかた》の話によると、憑《つ》き物が落ちたように神妙《しんみょう》にいたしておるらしい」

「国造は、いかがでございましょう？」加曾利が尋ねた。

「素直に吐いている。どのような仕儀《しぎ》でかは追い追い明らかになるであろうが、聞き及んだところでは、国造からこれこれの者を痛め付けてくれ、と頼まれた鼎之助らが、抗《あらが》われたゆえに斬り殺してしまった。それが国造に対する弱みとなって何度も依頼を受けた、と同時に、それが快楽にもなってしまい、人を斬るということに嵌《はま》ってしまったらしい。あれくらい腕が立つと、一度は人を斬ってみたい、と思うのやもしれぬ。その誘惑に負けたのだな。賭場で大勝ちした者が出る。知らせが行き、国造の手配で待ち受け、殺し、金は折半《せっぱん》にしたそうだ。殺したのはふたりだけではなく、もうひとりいた。その者は埋められていた。昨日掘り出したところだ」

「八巻の家は、どうなるのでしょう？」軍兵衛が訊いた。

「当人らは切腹を免《まぬか》れぬだろうが、さて、御家はどうなるか……」

「三家ともに揉み消しに必死だ、という話ですが」

「奉行所のみならず火盗改方にも知られ、牢屋敷に送られたのだ。揉み消しは出来ぬわ。それにの、火盗改方の怒りが凄い、と聞いている。範《はん》となるべき武士が何という体《てい》たらく、とな。あの口を塞ぐのは無理であろうな」

金比羅の御殿様の様子が目に浮かんだ。あの方も、凄印《すごじるし》ってやつだな。

「まだ長引くであろう。自害されぬとよいがの」

島村が、茶を口許に運びながら言った。

六

八巻鼎之助らの一件は片《かた》が付いたが、野伏間のほうの進展がない。

鷲津軍兵衛は浪人姿に身をやつし、見張り所回りを続けた。《黒板長屋》斜め向かいの瀬戸物屋を皮切りに、西念寺、《京屋》、そして少し戻って千吉のいる《はおり屋》の見張り所の順である。

そして十月二十日になった。

商いに出た障子張り替え屋の双吉が満三郎の長屋に寄り、そこから神楽坂を上がった肴町《さかなまち》へと足を延ばした。双吉は二、三のお店を回ると、一軒の長屋に入って行った。

素早く木戸門の札《ふだ》を読んだ亀吉が、借店の住人の名の中に七《しち》の一字を見付けた。

手下に、七の顔を見ておくように言い、亀吉は出て来た双吉の後を再び尾けた。

花売りの七、か。

双吉は帰路、市ケ谷田町一丁目近くの通りで、俵《たわら》売りから紙で出来た玩具《がんぐ》の俵を買った。竹を半分に割り、中に粘土玉を仕込んだ俵を落とし入れ、竹を斜めにすると、俵がでんぐり返しをしながら転がり落ちる、という玩具《もの》だった。

盗賊の一味でも、親は、親なんだ。

亀吉は疑いもしなかったが、俵売りも野伏間一味のひとりだった。

亀吉と、七の顔を見たという手下の話を聞いた軍兵衛は、《京屋》を経て《はおり屋》の見張り所に行き、千吉から客種の報告を受けた。俵売りが飯を食いに入ったと知り、一味だと読んだのだ。軍兵衛の背に冷や汗が奔《はし》った。

亀吉の奴、尾けてるのに気付かれてやしねぇだろうな。

西念寺に引き返した軍兵衛に、

「何てこたぁない俵売りでしたんで、特に気に掛けやせんでしたが」と亀吉は言った。「玩具を売ると、路地に入って行っちまいやしたんで、あっしの姿は見られてないはずです」

「そうなのか」

「へい」

　軍兵衛は胸を撫《な》で下ろした。

「それにしても、あちこちに仲間がいるらしいな。底の知れねえ奴らよ」

　軍兵衛の思いを決定付けたのは、その翌日の出来事だった。

　このところ外出しようとしなかった《はおり屋》の長次が、昼間ふらりと出掛けたのだ。

　直《ただ》ちに千吉と佐平が後を尾けた。

　長次は、辺りを見回しながらふらふらと神田川沿いに水道橋《すいどうばし》まで下ると、武家屋敷小路に切れ込み、本郷《ほんごう》から湯島《ゆしま》天神を通り、不忍池《しのばずのいけ》へと抜けた。

　その歩みは頼りなく、どこに行くという当てがないように見えた。

「ただ歩いているだけではねえでしょうね？」佐平が訊いた。

「病人じゃねえんだ。足慣らしをしているってこたぁねえだろうよ」

　長次は道端の小商いを覗きながら不忍池を半周すると、また戻って来た。

「鷲津の旦那が仰《おっ》しゃったように、どこに一味の者がいるか分からねえんだ。気い抜くなよ」

「へい」

長次が、田楽豆腐《でんがく》の屋台の前を通り過ぎ、引き返した。味噌《みそ》の焦げるよい香りが千吉らのところまで届いてくる。長次が銭を払い、田楽に手を伸ばしている。

「あれも一味ですかね？」

「ここまで誰とも、一言も喋っちゃいねえしな」

田楽売りを見張ってくれ。俺は長次を尾ける。落ち合う先は見張り所だ。千吉は立て続けに言うと、長次の後を追った。

それからも長次は池のほとりを歩き回ると、咽喉《のど》が渇いたのか、お茶売りの茶を二杯飲み、不忍池を離れた。

湯島天神脇を通り、本郷のほうへと向かっている。

《はおり屋》に戻るのならば、一味の者と会っていたはずである。とすると、どっちだ？

千吉は尾行に見切りを付け、不忍池に引き返した。

佐平が田楽売りを見張っていた。お茶売りを探した。姿は見えなかった。

あいつか……。

「しくじった」と千吉が言った。「とんでもねえ奴らだぜ」

話を聞き終えた軍兵衛が一言唸《うな》り、断《だん》を下した。

「もう尾けるな。勝手にやらせりゃいい」

「よろしいんで？」

「流石《さすが》は野伏間だ。油断がねえ。下手すりゃ、こっちの動きに気付かれちまう。最後は《はおり屋》に集まるはずだ。そこが外れても、狙いは《京屋》で間違いねえ。尾けることたぁねえやな」

「承知いたしやした」

「見張り所に触れ回ってくれ。俺は島村様に話しておく」

七ツ半（午後五時）を過ぎ、暮れ六ツ（午後六時）に近い刻限だったが、島村は奉行所にいた。

いいことだ。人の上に立つってことは、人の倍働くってことだからな。

軍兵衛が腹の思いを隠し、野伏間一味の押し込みが近い、と告げていると、どこで姿を見られたのか、三枝がずかずかと詰所に入って来た。

鼎之助の件で袖《そで》にしたばかりである。軍兵衛は丁寧に応え、島村に、手配の準備を頼んだ。

大掛かりな捕物出役《とりものしゅつやく》ともなれば、非番である南町を無視することは出来なかった。出来ないどころか、賊の隠れ家に討《う》ち入る際は、月番が表から、非番が裏から、と決まっていたのである。

その知らせと、捕方を待機させる場所の選定が必要だった。《はおり屋》の裏には旗本屋敷が建ち並んでいる。その中から島村に選んでもらわねばならない。

「相分かった。が、もう少し待ったほうがよいか」

「南町に《京屋》辺りをちょろちょろされても困りますので、南町には先にお伝えください。しかし、旗本家にはぎりぎりまでよろしいでしょう。中間が《はおり屋》で酒の肴に喋らないとも限りませんからね」

「そうしよう」

「私だが？」三枝が訊いた。

「勿論《はおり屋》の見張り所で、その時をお待ちいただくことになろうかと存じますが」

「そろそろか」

三枝は、満足したのか、乗り出していた身体《からだ》を後ろに引いた。

「あの御仁《ごじん》は、柘植殿は、どうなさった？」島村が訊いた。

「相変わらず仏頂面《ぶっちょうづら》をしていますが、捕物が面白いのか、よく言うことを聞いてくれます」

「今日は、何を？」

「西念寺で見張っています。時折、妙にいろいろと口を出すのが、鬱陶《うっとう》しいと言えば鬱陶しいのですが、それさえ気にしなければ、多分これからも使えますな」

「もう少し言いようがあろう。命の恩人を粗略《そりゃく》に扱うものではない」

三枝が、含んだような笑みを浮かべた。やはり相性はあるのだ。嫌いな奴は嫌い抜くべきなのだ、と軍兵衛は思った。


十月二十四日。

《はおり屋》の音蔵が朝方出掛け、言い訳のように青菜を手にして昼前に戻って来た。仕入れに行ったという格好である。

昼下がりには、双吉が《京屋》の女中に仕事を断られ、剣突《けんつく》を食らっていた。

機が熟してきやがったな。気に食わねえが、そろそろ内与力様を呼んでやるか。

翌二十五日から、浪人姿に身形を変えた三枝が、《はおり屋》に詰めた。

その頃から天候が崩れ始め、雨模様の日が続いた。二十八日は夜になって雷も鳴った。晦日《みそか》近く。荒れ模様の天気。今夜なのか。軍兵衛らは色めき立ったが、一味に動く気配はなかった。

明けて二十九日。この日も朝から時折雨が降り、軒下を掠《かす》めた風が唸りを上げていた。

「今日は、いいお日和《ひより》なんじゃねえか」加曾利が、妙にそわそわとして言った。

すると——。

軍兵衛に加曾利、そして栢植と三枝が千吉らと見張り所に詰める中、昼過ぎから徐々に一味の者が集まり始めたではないか。

満三郎と七とお茶売りが、前後して《はおり屋》の中に消えた。その他にも、客として入ったように見えたが、その後外に出てこない者がふたりいた。

「間違いねえ。今夜だ。千吉、島村様に知らせてくれ。途中で何かあるといけねえ、佐平、お前も行け」

「へい」

裏道から裏道へ抜け、奉行所まで駆けるのだ。雨模様なので、どんなに急いで走っても、気にする者はいない。願ったりだぜ。

千吉らが出て一刻（二時間）程後、徳八が弓平と芳太郎とともに《はおり屋》に入った。

「いよいよ、だな」

三枝が掌《てのひら》を擦り合わせた時、《はおり屋》の戸口を見張っていた新六が、軍兵衛を呼んだ。

「あの女と餓鬼に、見覚えがあります」

軍兵衛が窓障子に顔を寄せた。年の頃は三十くらいの女と、十二、三の小僧が、通りを見渡してから《はおり屋》の暖簾《のれん》を潜るところだった。

「前にも、来ました」

「よく気付いたな。いい目をしてるぜ」

隠れ家の床下に潜った岡野が耳にした、治助の女の澄と拾い子の松吉と思われた。

「何回、ここに来た？」

「あっしが見たのは、一度切りですが」

「それで覚えていたのか」

まさか、雨燕のお紋に似ていたとは言えない。ぐっと詰まった新六が、旦那ぁ、と言った。

「あっしは、一度見た女の顔は忘れねえんですよ」

皆、同じようなことを言いやがって。最初に言い出したのは、どこの誰だ？

「頼もしいな」と軍兵衛は言って少し歯を見せてやった。

澄と松吉は、四半刻（三十分）が経っても半刻（一時間）が過ぎても、出て来る気配はなかった。岡野の話では、ふたりは押し込みには加わらないはずだった。そのふたりが、押し込みの日にどうしているのか。考えられるのは、紅白粉《べにおしろい》を商う《京屋》に客を装って赴《おもむ》き、店の様子がいつもと変わりないか、を調べる役割でも担っている、ということくらいだ。女ならば、店の中を見回していても、怪しまれることはない。そんなところか。

「その調子で頼んだぜ」

一層張り切り出した新六に見張りを任せ、軍兵衛は一味の人数を数えた。

障子張り替え屋の家にいたのは、番人の双吉夫婦に子供ひとりに、徳八と弓平と芳太郎。菊を除いて五人。

ひとり住まいを許されていた満三郎と花売りの七。そしてお茶売りと俵売り。此奴らが四人で、計九人。入ったまま出て来ない男がふたり。計十一人。《京屋》に入り込んでいる女がひとり。計十二人。《はおり屋》の音蔵と長次。計十四人。

それに澄と松吉。計十六人。

残るは治助が何人の手下を連れて来るかだったが、多くとも総勢は二十名前後。双吉夫婦と澄と松吉は押し込みには加わらないとして、押し込みの人数は十五、六か。

そこに至って軍兵衛は、一味の動きから舟のにおいがして来ないことに気が付いた。

これまで尾けた中で、舟や船頭は浮かんでいない。

人数が、人数だ。逃げるとなれば、舟を使うしかあるめえ。信左も、そう言っていた。あいつの勘に狂いはねえ。

この辺りで舟を舫《もや》うとすれば、揚場河岸《あげばがし》だ。あそこなら、舟の二艘くらい舫っておいても、怪しむ者はいねえ。

新六に緋房《ひぶさ》の十手《じって》を渡して言った。

「揚場河岸に行き、見慣れねえ舟がいねえか、それとなく調べて来てくれ。いても、何も言うな。舫っている場所と、舟は何艘か、船頭は何人かを見てくればい い。十手は何かの時の身の証《あかし》だ」

新六が立ち上がるのに合わせて、雨粒が落ちて来た。屋根に当たり飛沫《しぶき》を上げている。ためらいもなく新六が階段に向かった。

「済まねえ。頼んだぜ」

軍兵衛は新六の背に声を掛け、見ている栢植に、

「もし舟が舫ってあったとしたら」

捕物が始まると同時に揚場河岸に行き、船頭と逃げ落ちて来た者を捕らえておくように頼んだ。

「心得た」

一人《いちにん》たりとて逃してたまるか。

三枝と栢植に熱い茶を淹《い》れ、上澄《うわず》みを啜《すす》っていると、見張り所の階段を上がって来る足音がした。千吉や佐平にしては、帰りが早過ぎる。

誰か、と見ていた軍兵衛の前に現われたのは、南町の臨時廻り同心・友納馬之《とものうまの》助《すけ》だった。肩先から滴が垂れている。雨に隠れてやって来たのだろう。

友納は、立て続けにやってくれるじゃねえか、と窓辺に寄り、雨を憎々《にくにく》しげに見ながら言った。

「こちとら、御奉行にお小言を頂戴《ちょうだい》して、いい迷惑だぜ」

「と言って遠慮していたら、江戸の町は盗《ぬす》っ人《と》だらけになっちまうからな」

「南町では捕らえられぬと言いたいのか」

「案ずるな。こうして捕物に加えてやってるだろ」

「その言い草、忘れねえぞ」

ぷい、と顔を背《そむ》けた友納の目の先に、三枝と柘植がいた。ふたりとも端座《たんざ》して茶を喫している。

「埃《ほこり》が立つ。座られい」柘植が言った。

「……こちらは？」生唾をひとつ飲み込んだ友納が、小声で軍兵衛に訊いた。

「明屋敷番伊賀者組頭の柘植様と、内与力の三枝様だ。言葉遣いに気を付けろ」

組頭に、元、を付けるのは省いた。多くを語るのは面倒だし、幅が利かなくなる。

「申し遅れました。某《それがし》は」友納は慌てて名乗り、軍兵衛に、ふたりがどうしてここにいるのか、《はおり屋》を見下ろす振りをして尋ねた。軍兵衛も同様の仕《し》種《ぐさ》をして答えた。

「新刀の試し斬りでもするんじゃねえか。斬れるか、としつこく訊かれて困っているのだ」

「それで、許したのか」

「仕方ねえだろ。相当上のほうからのお達しらしいしな」

「御奉行の……」上か、と手で訊いた。

軍兵衛が頷いた。町奉行は老中の支配である。友納が口を楕円形《だえん》に開けたまま、隣部屋に下がって行った。隣部屋は二十五日以降、仮眠部屋として借りており、今は加曾利が鼎之助の一件で疲れているから、と午睡《ごすい》をとっていた。

日が大きく傾き始めた頃、千吉と佐平が、少し遅れて新六が戻って来た。三人ともずぶ濡れだった。

千吉が島村の言を伝えた。北と南の捕方が二丁目の旗本・水野《みずの》家の庭に集まり、知らせを待っている。知らせがあるまで、家人始め足軽中間に至るまで禁足《きんそく》させる。

「すごい徹底振りであろう、と島村様が仰《おっ》しゃっておいでした」

「ご苦労だったな。ありがとよ」

　次いで新六に、揚場河岸の様子を訊いた。新六が手拭《てぬぐい》から十手を取り出し、拝むようにして返すと言った。

「見慣れねえ舟が二艘いる、という話でした。あっしが行く少し前に空舟《からぶね》で着き、それからずっといるそうでございます。船頭は、六十半ばの爺さんがひとりです」

「ひとりで二艘か」

「縄で繋いでやした。舫っているのは、河岸の西方で、舳先《へさき》に白い布が巻き付けてあるので、見れば分かるかと」

「上出来だ。その爺さんも、一味の片割れと見て間違いないだろうな」

「もう一艘は、どうするんでしょう？」

「多分、一味の中に船頭上がりがいるんだろうよ」

　話を聞いていた柘植が頷いた。

「集まりの具合は、どうなんで？」手拭を使いながら千吉が訊いた。

「さっき入って、出て来ねえのがひとりいて、都合十三人になった」

　俵売りであった。

「治助は？」

「それらしいのは、まだいねえな」

そうですか。佐平の淹れた茶を手にしている千吉に、新六がにじり寄り、前に見た女と子供が一味だと話している。

そうだ。そうやって自信をひとつずつ付けていけばいいんだ。

七ツ半（午後五時）をいくらか過ぎた頃、《はおり屋》の腰高障子が開いた。澄と松吉が出て来て、空を見上げた。雨を見ているのだ。今は熄《や》んでいる。風が、ぴゅうと吹き抜けた。澄は鼻先で笑うと、松吉に何か言った。行くよ、と口が動いたように見えた。

「《京屋》に行くに違いねえ。千吉と新六は先回りをしろ。もし女の後ろから一味の誰かが行くようなら、佐平を送るからな」

千吉と新六が裏口から出、路地に消えた。《はおり屋》からは続いて出る者はいなかった。

「よし、俺たちのことはばれちゃいねえぜ」

三枝が、澄と松吉が何ゆえ《京屋》に行くのか、と訊いた。

「潜り込んでいる女に確かめることでもあるのか」

「この期《ご》に及んで、それはないでしょう」柘植が、詰まらなそうに言った。「店を仕舞う頃合を狙《ねら》い、様子を見に行っただけではないですかな」

「そうなのか」

「私も、そう思います」

「念の入ったことをするのだな」三枝が思い付いたように訊いた。「ならば、先回りして見張らせることもいらぬであろうに」

「確かめなければなりません。読み違いがないとは言い切れませんので」

「読み違いをしたことは、あるのか」

「余人《よじん》は知らず、私にはございません」

話が途切れた。

重苦しい気配を背中に感じながら、佐平は《はおり屋》を見下ろした。男が三人、立て続けに入って行った。軍兵衛に伝えた。

「出て来るか、よく見ててくれ」

時がゆっくりと過ぎてゆく。焦《じ》れた。時の尻っぺたを蹴飛ばしてやりてえ、と思っていると、澄と松吉の姿が通りに見えた。帰って来たのだ。白粉でも購《あがな》ったのか、澄の指先から小さな布袋が下がっている。軍兵衛に知らせた。

澄らに遅れること僅かで、千吉と新六が二階に上がって来た。

「白粉を買って、すたこら帰って来ただけです」

「らしいな。百にひとつの狂いなく、今夜だな」

「水野様の御屋敷に参りましょうか」

「時折構ってやらねえと、だれるからな」

三枝と柘植が顔を見合わせている。

「承知しやした」

階下に下りようとした千吉の足を、佐平の声が止めた。

「旦那、見てください」

夜が近付き、暗く沈み始めた通りから、お店の隠居風の男が、《はおり屋》のほうへ折れて来た。手代のような男をひとり、供にしている。

「あの時の、か……」

「旦那が、面を覚えておけと仰しゃった隠居でございやす」

男は供の者と《はおり屋》に入った。

「あれが、治助でしょうか」佐平が訊いた。

軍兵衛は強く頷くと、

「僅か四文で面を売りやがった。波銭《なみせん》が高く付いたな」と言い、千吉に水野家まで走るよう命じた。「雁首は揃《そろ》いました。これから晩飯でしょうから、奴どもの腹がくちくなった頃合を見計らい、ふん縛ってやりましょう。その時が来たら、ご連絡いたします、とな」

七

六ツ半（午後七時）頃から再び雨が降り始め、白い幕のように棚引いた。時折風が、それを揺らし、騒がせている。

宵《よい》五ツ（午後八時）の鐘《かね》が鳴って暫《しば》しの時が経った。

「出入りがなくなって一刻（二時間）になりました」

千吉が窓障子から凝っと《はおり屋》を見下ろしながら言った。

《はおり屋》は、治助が店に入ると間もなく暖簾を外し、店の灯を落とし、雨戸を閉《た》ててしまっていた。

「見て来ようか」と言う柘植の申し出を丁重《ていちょう》に断り、軍兵衛は加曾利と千吉を水野家に送った。

濠《ほり》沿いの道を遮り、捕方を配備して《はおり屋》をぐるりと取り囲むのである。

「出役の衣装に着替えなくともよいのか」三枝が軍兵衛に訊いた。

捕物出役の時には、鎖帷子《くさりかたびら》に鎖鉢巻《はちまき》、籠手《こて》に臑当《すねあて》、そして長さ一尺五寸（約四十五センチ）の緋房の十手と刃引きの刀を差すことになっており、御用箱に用意はさせてあったが、着替えるのが面倒だから、と軍兵衛はいつも着流し姿で捕物に加わっていた。

「そのつもりでいたのですが、余裕がなく、申し訳ございません」

湯飲みを手に《はおり屋》の戸口を見ながら言った。

それ以上言う気をなくしたのか、三枝も茶を口に含んだ。

隣の部屋からは鎖帷子を着込む物音がしている。友納は、着替えているのだろう。

友納の手先の御用聞きと南町の当番方同心が上がって来て、すべて仕度が調《ととの》いました、と友納と軍兵衛に告げた。柘植が軍兵衛に目で合図をし、新六を探している。姿が見えない。先に階下に下りたのだろう。

「舳先に白い布が巻いてある舟だ。間違えることはあるまいて」

柘植は佐平を伴うと、階段に向かった。

「裏は任せたぞ」軍兵衛が友納に言った。「ぬかりはねえだろうな？」

「誰に言っている」友納が答えた。

「俺の声はでかいからな。よく聞こえるはずだ。遅れるなよ」

「いいから、下りろ」

前後して階段を下り、雨に煙《けぶ》る通りに出た。御用提灯《ごようぢょうちん》と高張提灯が二段の波となり、通りに溢《あふ》れている。友納が裏へと走った。

軍兵衛は大きな杵《きね》を手にした捕方を手で呼び寄せると、一歩前に進み出て、《はおり屋》に向かって大声を張り上げた。

「盗賊野伏間の治助、並びにその配下の者ども。南北町奉行所である。召し捕りに出張って参った。おとなしく縛に就け。掛かれ」

軍兵衛の掛け声とともに杵が打ち下ろされ、雨戸が弾《はじ》け飛んだ。雨粒が音に震えて、斜めに落ちた。

両の手に十手と脇差《わきざし》を摑《つか》んだ軍兵衛が、雨戸の中に躍り込み、続いて入った捕方が蠟燭《ろうそく》を灯《とも》した燭台《しょくだい》を柱に打ち付けた。一階の小上がりが明かりに満ち、階段から駆け下りてくる治助配下の者たちを照らし出した。

軍兵衛の十手と脇差が唸りを上げて、振り下ろされ、斬り上げられた。その度に、悲鳴と肉を打つ重い音が響いた。脇を巧みに擦り抜けた者たちも、嬉々として六尺棒を手にした三枝に打ち据えられている。

　燭台のいくつかが落とされ、店の中に陰が生まれた。

　二階の押し入れの床を上げ、一階の天井裏を通り、下の押し入れに下りた澄と松吉は、隙を窺っていた。闇に紛れ、裏口から走り出て、隣家との垣根に体当りして逃げよう、という寸法《すんぽう》である。

　万一のために、夜は常に濃い灰色の着物を身に着けさせられていた。闇に紛れるためである。治助の教えだった。

——いいな、てめえたちふたりで逃げるんだ。

——お頭は？

——俺は頭だぜ。手下を置いて逃げられるかよ。

　そんなことは起きないものだ、と思っていた。だが、今、目の前で起きているのだ。

　表で騒ぎが大きくなった。裏口にいた捕方が、足音荒く表へと駆け出して行った。あの声は、満三郎だ。いけ好かない奴だったけど、ありがとよ。

　合わせていた掌を解くと、いいかい、と松吉に言った。脇目《わきめ》とためらいは、なしだよ。

澄は松吉の手を引くと、裏口から走り出て、そのまま垣根に飛び込んだ。用心のために、太い枝葉は切り落としてある。するりと抜けた。雨と泥のお蔭で、音が立たない。松吉を抱き締め、耳を澄ました。気付かれてはいないらしい。隣の家の裏に回った。闇から捕方がふたり現われた。

「何をしている。一味の者か」

「隣の家の者でございます」

捕方が泥に汚れた着物を見ている。

「慌てて転びました」

「おっかあ、怖いよ」松吉が泣いて見せた。前に言い聞かせた通りに振る舞っている。

「お助けください。後生《ごしょう》でございます」

捕方のひとりが頷いた。もうひとりが、

「早く離れろ」と言って、通りを指さした。

言われたほうに逃げながら、《はおり屋》を見た。

雨の中、治助と向かい合うようにして、同心がいた。

「俺を見忘れたとは言わせねえ。くれてやった波銭を返してもらおうか」

手を出している。

その手の前に、与吉が回りこんだ。

「適《かな》わねえまでも、お手向かいさせてもらいますぜ」

匕首《あいくち》を閃《ひらめ》かせている。龕灯《がんどう》の明かりを受けて、雨と与吉の匕首がきらきらと光った。

「男だね。男だよ」

見惚《みと》れていた澄の肩を、捕方が小突いた。

与吉の腕に十手が当たった。匕首が跳ね飛んだ。十手が与吉の肩と背を打ち据えている。

崩れるようにして倒れた与吉を乗り越え、同心が治助に歩み寄っている。

「何をしている。早く行け」

急《せ》き立てられるように、捕方と見物の者らの囲みの外に出た澄と松吉は、雨に打たれながら浅草に向かった。浅草の隠れ家には、着替えと壺に入れた金子《きんす》を隠してある。それさえ手に入れれば、逃げられる。ふたりは浅草に急いだ。

「見たね」と澄は、泥濘《ぬかるみ》に足を取られそうになるのを堪《こら》えながら、松吉に言った。「お頭に詰め寄っていた、あの同心の鼻を明かして、仇《かたき》を取っておくれよ」

「必ず」

「本当に、本当に、頼んだからね」

澄が浅草に向かっていることは分かったが、その先はどうするのか。ふたりだけでは仇など取れない。松吉は訊いた。

「これから、どこに？」

「お頭には、弟がいるんだよ。そこに行くしかないね。その弟ってのも、泥棒だよ。何、昔はお頭と組んで仕事をしていたんだけどね。女の取り合いで袂を分かったのさ」

「その女って……？」松吉が澄を見た。

「年の割に、いい勘してるね。そうだよ、あたしだよ」

澄の笑い声が、ひたひたと土を踏む足音を搔き消した。

その頃――。

御縄《おなわ》にした者らを見ていた新六が、あの女と餓鬼が見えませんが、と千吉に言った。

「確かに《はおり屋》にいたはずなんですが」

を話した。

「どなたか、女と子供を見ませんでしたか」

千吉が捕方に訊いた。裏手にいた捕方が、隣の家の者だという母子がいたこと
もう一度捕らえた一味の者と家の中を調べたが、いない。

「何だと？」


「逃げられた」

千吉は、駆け付けて来た銀次と亀吉らを呼び、ともに四方へ走ったが、見付け出すことは出来なかった。

捕らえられた一味は、二十人に達した。

その中には《京屋》に入り込んでいた蔦と、双吉夫婦も含まれていた。蔦と双吉夫婦は、銀次と亀吉らによって捕らえられていた。幼い菊は、やがて里親に預けられることになるだろう。

揚場河岸に赴いた柘植と佐平が捕らえたのは、老船頭ひとりだけであった。老爺《ろうや》から浅草今戸の隠れ家を訊き出したが、捕方が出向いた時には、既に澄と松吉の姿はなく、蛻《もぬけ》の殻《から》であった。

翌十月三十日。

軍兵衛が定刻で奉行所を出、組屋敷に戻ると、土屋藤治郎が火盗改方の使いとして訪ねて来ていた。

虎之御門外にある火盗改方の役宅に参上すると、松田善左衛門が手酌で酒を飲んでいた。

軍兵衛は先般《せんぱん》の礼を言い、居住まいを正して善左衛門の言葉を待った。

「八巻日向守と嫡男だが、どうやら家禄半減《かろくはんげん》となりそうだ。勿論、御役御免、寄合《よりあい》入りは動かぬところだろうな」

「鼎之助らは？」

「まだ分からぬが、腹を切るしかあるまい」

「大層お怒りになられたと、漏れ承っておりますが」

「ちと騒ぎ過ぎた。ために、余禄《よろく》は少ししかなかった。だが、よくしたもので、他の似たような子弟を抱える旗本家からやたらと貢ぎ物が来るようになったわ。そのような節には、何卒穏便《なにとぞおんびん》に、というわけだ。旗本は、もはや駄目だ。腐っている……」

軍兵衛の前に、同心の手によって膳部が運ばれてきた。

「まあ飲め」

「これは？」

「余禄の一部だ」

杯に注《そそ》ぎ、口に含み、咽喉に落とした。甘露《かんろ》と言う他ない。

「これはまた、極上ですね」

「よく平気な顔をして飲めるな？」

「は？」

「俺に、今日の今日まで、野伏間のことを隠していたな」

「隠していた訳では……」

「此奴を信用するな」と藤治郎に言った。「平気で隠し立てをし、平気で人が苦労して手に入れた酒を飲む」

善左衛門は、ぐいと酒を飲み込むと、儂は俗《ぞく》っぽいか、と言った。

軍兵衛が応えに窮《きゅう》していると、

「俗っぽいのだ」と言い、「あれは、どうした？」と訊いた。

「あれ？」

「妙な中間がおっただろう。博打《ばくち》で八十三両も儲《もう》けたそうだな。あの金子、まさか取り上げたのではあるまいな？」

「そのつもりでしたが、源三め、『持ち慣れねえ金は持つもんじゃございません。小石川の養生所で役立てておくんなさい』と、鐚一文《びたいちもん》取ろうとしないので、仕方なく、そのように手配いたしました。幾許《いくばく》かは鼎之助に乱暴された神明前の者らに見舞金として使いましたが、残りはすべてです」

「気に入らぬ男よな」

「はい……」

「その話も、その中間もだ」

「……………」

「儂が、小さく見えてしまうではないか」

「……そのようなことは」

「よいのだ。儂は己の小ささ、醜《みにく》さを知っているからな」

「はい……」

「野伏間の治助に、弟がいるのを知っているか」

初耳だった。

「半割《はんざき》の承助《しょうすけ》と言う。半割は、身体を半分に割いても生きているという、山椒《さんしょう》魚《うお》のことだ。執念《しゅうねん》深いという話だから、いずれ江戸に現われるだろうよ」

善左衛門は、ぐいと軍兵衛を睨むと、いつもの善左衛門に戻って言った。

「その時は、俺のものだからな。金輪際《こんりんざい》、お前にはやらねえよ」

参考文献

『江戸・町づくし稿　上中下別巻』岸井良衞著（青蛙房　二〇〇三、四年）
『大江戸岡場所細見』江戸の性を考える会著（三一書房　一九九八年）
『大江戸復元図鑑〈庶民編〉』笹間良彦著画（遊子館　二〇〇三年）
『大江戸復元図鑑〈武士編〉』笹間良彦著画（遊子館　二〇〇四年）
『資料　日本歴史図録』笹間良彦編著（柏書房　一九九二年）
『図説　江戸町奉行所事典』笹間良彦著（柏書房　一九九一年）
『江戸時代選書10　江戸庶民の暮らし』田村栄太郎著（雄山閣　二〇〇三年）
『考証「江戸町奉行」の世界』稲垣史生著（新人物往来社　一九九七年）
『江戸時代役職事典』川口謙二・池田孝・池田政弘共著（東京美術　一九八一年）
『江戸商売図絵』三谷一馬著（中央公論社　一九九五年）
『彩色江戸物売図絵』三谷一馬著（中央公論社　一九九六年）
『商賣往来風俗誌』小野武雄著（展望社　一九八三年）
『江戸の庶民生活・行事事典』渡辺信一郎著（東京堂出版　二〇〇〇年）

注・本作品は、平成二十四年四月、ハルキ文庫（角川春樹事務所）より刊行された、『野伏間の治助　北町奉行所捕物控』を著者が加筆・修正したものです。

一〇〇字書評

野伏間の治助

切・り・取・り・線

購買動機（新聞、雑誌名を記入するか、あるいは○をつけてください）	
□（　　　　　　　　　）の広告を見て	
□（　　　　　　　　　）の書評を見て	
□ 知人のすすめで	□ タイトルに惹かれて
□ カバーが良かったから	□ 内容が面白そうだから
□ 好きな作家だから	□ 好きな分野の本だから

・最近、最も感銘を受けた作品名をお書き下さい

・あなたのお好きな作家名をお書き下さい

・その他、ご要望がありましたらお書き下さい

住所	〒				
氏名		職業		年齢	
Eメール	※携帯には配信できません	新刊情報等のメール配信を 希望する・しない			

この本の感想を、編集部までお寄せいただけたらありがたく存じます。今後の企画の参考にさせていただきます。Eメールでも結構です。

いただいた「一〇〇字書評」は、新聞・雑誌等に紹介させていただくことがあります。その場合はお礼として特製図書カードを差し上げます。

前ページの原稿用紙に書評をお書きの上、切り取り、左記までお送り下さい。宛先の住所は不要です。

なお、ご記入いただいたお名前、ご住所等は、書評紹介の事前了解、謝礼のお届けのためだけに利用し、そのほかの目的のために利用することはありません。

〒一〇一－八七〇一
祥伝社文庫編集長　坂口芳和
電話　〇三（三二六五）二〇八〇

祥伝社ホームページの「ブックレビュー」からも、書き込めます。

www.shodensha.co.jp/bookreview

祥伝社文庫

野伏間《のぶすま》の治助《じすけ》　北町《きたまち》奉行所《ぶぎょうしょ》捕物控《とりものひかえ》

令和 元 年 10 月 20 日　初版第 1 刷発行

著　者　長谷川《はせがわ》　卓《たく》
発行者　辻　浩明
発行所　祥伝社《しょうでんしゃ》
東京都千代田区神田神保町 3-3
〒 101-8701
電話　03（3265）2081（販売部）
電話　03（3265）2080（編集部）
電話　03（3265）3622（業務部）
www.shodensha.co.jp
印刷所　堀内印刷
製本所　ナショナル製本
カバーフォーマットデザイン　中原達治

 ISBN978-4-396-34572-3 C0193

祥伝社文庫の好評既刊

長谷川 卓
風刃《ふうじん》の舞《まい》
北町奉行所捕物控①

無辜の町人を射殺した悪党、商家を皆殺しにする凶悪な押込み……。臨時廻り同心・鷲津軍兵衛が追い詰める！

長谷川 卓
黒太刀《くろだち》
北町奉行所捕物控②

斬らねばならぬか——。人の恨みを晴らす義の殺人剣・黒太刀。探索に動き出した軍兵衛に次々と刺客が迫る。

長谷川 卓
空舟《うつろぶね》
北町奉行所捕物控③

鷲津軍兵衛に、凄絶《せいぜつ》な突きが迫る！ 正体不明の《絵師》を追う最中《さなか》、立ちはだかる敵の秘剣とは⁉

長谷川 卓
毒虫
北町奉行所捕物控④

地を這《は》うような探索で一家皆殺しの凶賊を追い詰める軍兵衛ら。そんな折、かつての兄弟子の姿を見かけ……。

長谷川 卓
雨燕《あまつばめ》
北町奉行所捕物控⑤

己をも欺《あざむ》き続け、危うい断崖《だんがい》に生きる女の儚《はかな》き純な恋。互いの素性《すじょう》を知らず惹《ひ》かれ合う男女に、凶賊の影が！

長谷川 卓
寒《かん》の辻
北町奉行所捕物控⑥

浪人にしつこく絡んだ若侍らは、人違いから別人を殺《あや》めてしまう——管轄違いの一件に軍兵衛は正義を為《な》せるか？